深海鱼对视

叶建芬◎著

南方出版社·海口

图书在版编目（CIP）数据

与深海鱼对视 / 叶建芬著 . -- 海口 : 南方出版社，
2023.3
ISBN 978-7-5501-8140-3

Ⅰ.①与… Ⅱ.①叶… Ⅲ.①诗集－中国－当代
Ⅳ.①I227

中国国家版本馆 CIP 数据核字 (2023) 第 048129 号

与深海鱼对视
YU SHENHAIYU DUISHI

叶建芬　著

责任编辑： 高　皓
出版发行： 南方出版社
邮编编码： 570208
社　　址： 海南省海口市和平大道 70 号
电　　话： （0898）66160822
传　　真： （0898）66160830
印　　刷： 成都市兴雅致印务有限责任公司
开　　本： 880mm×1230mm　1/32
印　　张： 6.75
字　　数： 130 千字
版　　次： 2023 年 3 月第 1 版
印　　次： 2023 年 3 月第 1 次印刷
书　　号： ISBN 978-7-5501-8140-3
定　　价： 89.00 元

站在远处眺望自己的风景

◎李郁葱

《与深海鱼对视》作为一本诗集的名字一下抓住了我，也让我对仅有数面之缘的叶建芬有了更深的了解：和很多青田人一样，为了生存，她侨居海外。具体而言，她生活在西班牙，但和很多青田人不一样的是，在为生计忙碌之余，她还在写作。这种写作，也许缓解了她背井离乡的那种焦虑，而深海鱼，就是她的自我意象的一种。

"是我深潜海底，还是你浮上陆地？/隔着厚厚的玻璃，我们平和地对视，/无语，却很默契。/其实我不知道海的深度，/不知道你的生活习性，/不确定你是否来自深海。"应该是在某次去海洋馆时，隔着钢化玻璃，那游弋而来的鱼和叶建芬相互凝视，而某种诗意的失落在这种对视里，至少在叶建芬这里得到了共鸣，她想到了自己的父母、自己在青田小县城的时光（在世界地图上无从寻觅的县城，于她，就是大海般的怀抱），这种感受让她写下了：

> 我的手掌贴紧海底隧道的玻璃，
> 缓缓移动，却探测不到你的水温，
> 更探测不到水的酸碱度。
> 请你告诉我，告诉我，
> 你是不是跟我一样，
> 有着移居的快乐，也有疼痛？

　　这首诗，为这本诗集定下了一个基本的声调，也有助于我们对叶建芬诗作的理解。而我始终以为，一个人如果有勇气去从事写作，无论是以此为业还是以此作为渡向精神彼岸的舟桥，他（她）都会经历一种煎熬：对有些人来说，诗是一种辨识的工具，在人生一个恰当的时候，诗歌的声音最终会找到他（她），即使在这之前，他（她）只有这样的爱好或者对于文字有着朦胧而壮阔的冲动。

　　在这部分为五辑的诗集中，除了深海鱼之外，鱼的意象还出现过多次，大抵是以青田的标志性符号田鱼出现的。田鱼是鲤鱼的一个变种，也是浙南青田一带所特有，是淡水鱼中的一绝，因为青田土地稀少，慢慢研究出的一种水稻与养鱼共存的模式。在《鱼的记忆》里，叶建芬这样写："方山出名之前／我就在层层梯田之间行走／在两个村庄之间的田埂路上／单薄地行走／朝阳与彩霞涂抹的岁月／是亘古不变的容颜／稻谷和田鱼，从来就是互生的爱情／轻描淡写，或者浓墨重彩／爱，都在这里"。

叶建芬的诗属于抒情诗一路，有时候会让人感觉到过于清晰，但在她发自内心的抒发中，往往会从那种简单的对生活的凝视和模拟中脱壳而出，相对于她既动荡颠沛，又安分守己的人生而言，诗无疑是一次发现和词语中的探险，而这，构筑了一个人写作的基础和出发的方向。她有着辽阔的视野，但终究一次次回到《起点》："一次一次地返回，像一只候鸟／我听见水的声音，悄悄地流过我的村庄／我听见风的声音，吹过林梢，吹过麦田／吹过豌豆花开的田埂／我听见心跳的声音，听见你呼唤我的名字／平淡而有磁性，温和而有力量"。

但就像另一首《稻鱼之思》中所写的："一条鱼，游离相依一生的水稻之后／再也无法溯回"……《稻鱼之思》的题目显然来自于莼鲈之思的典故，在《晋书·张翰传》这样记载："翰因见秋风起，乃思吴中菰菜、莼羹、鲈鱼脍。"相比于张翰，叶建芬显然有更多的迷茫，这是社会发展后的必然结果。

远在西班牙的叶建芬在季节的某个时日，突然想念起家乡的田鱼和水稻了，这是她的诗歌之门：一道通往秘密灵魂的途径。这非常有趣地构成了一种大多数人生都能够体会到的悖论：我们所得到和失去的，恰恰是我们不想得到和不想失去的。在《修剪》一诗中，叶建芬说出了这种人生的暧昧和游移：

因为需要，有些修剪成为艺术

我们又何尝不是呢？
不断地修去棱角，剪去凤毛
最后像滩涂上的一枚卵石

诗歌需要灵魂的滋养，这种滋养有时候来自生活中的幸福感，但更多的是来自履历和磨难。作为女性写作者，在叶建芬的诗中，性别意识是明确的，这谈不上诗歌写作中的优劣区别，更多的是一种天赋和秉性：唯其如此，诗才能诱发人们阅读的快乐，像文字构筑出了一道清澈的影子：从属于个人的精神向度，在自己一次次的自我定位和暗示中强化。

对日常事物叶建芬有着自己的认识和共情，她用两句诗表达了这种感悟："用我的左手尖感受右手心的热量／用我的右手尖感受左手心的热量"。

这种共情让她虽然远在西班牙，隔着千山万水，依然是家园的守望者，能够在这种守望中，看到自己内心广阔的风景。比如在《梨花飘雪》中她写："舞动一个村庄一条河流／舞动一片田野一脉群山／我的江南雪像梨花一样清香／有着灵动的生命的气息与归属／有着梨花飘雪飘雪梨花的交融"；在《陪伴》中她说："客厅里依然摆着小小的方桌／只比茶几高一点儿／古旧，卑微，不合时宜地占据一个角落／桌面的油漆早已脱落／原木本色／去年的日历还未翻完／今年的日历就在旁边守候"……

那么为什么要远赴他乡？这根本就是一道无从索解的题

目……她的敏感同时也让她看到了《盲点》："一个盲点，不会轻易地被打开／音盲偏偏遇上歌者，舞者，演奏者／被唤醒，被触碰，被演绎／于是向往一场修行／在黑白琴键之上度过午后的光阴"。

如果说这一切斑驳成全了诗，我们应该感谢生活，并且对未来有所期待，但更多的时候，不如让我们回到最初的时候，回到记忆开始的地方，就像叶建芬踏入社会之初，曾经在吴岸中学实习过半年，而这时间，同样也成了诗："起初，我只是在溪边孤独地晨跑／从村尾跑到村头，越过石堤……"

2022 年 6 月 1—5 日于杭州

李郁葱，男，1971 年 6 月出生于余姚，中国作家协会会员，现居杭州，在媒体工作。1990 年前后开始创作，文字见于各类杂志，出版有诗集《岁月之光》《醒来在秋天的早上》《此一时彼一时》《浮世绘》《沙与树》《山水相对论》，散文集《盛夏的低语》《不须开口说迷楼》，历史小说《江南忆，最忆白乐天》《溪山无尽》等多种。

目 录

第三辑　与深海鱼对视

4

第一辑

你那里月亮升起了吗

栖息的地方

冬天悄悄地来到这个城市
落叶开始飞舞
雪花偶尔光顾
雪后的阳光亮而短促
我乱糟糟的心情
像我的乱发一样
在城市建筑的空隙游荡
就这样卑微地生存
臃肿地行走
淹没在不同肤色的人群之中
迷失在心灵的戈壁
爱的荒原

海啸　地震和寒流
喘气　呻吟和哀号
为什么还有硝烟　还有战火
还有无辜消逝的生命
罪恶的不是疾病　不是自然灾害
不是武器　不是枪支弹药
而是人类灵魂深处的邪念
是私欲　占有　挑衅和侵略

我的指尖开始冰凉

用我的左手尖感受右手心的热量
用我的右手尖感受左手心的热量
用我冰凉的脸颊感受城市的温度
用我蹒跚的步履丈量城市的厚重
一座高楼　另一座高楼
一条街道　另一条街道
一个站台　另一个站台
地铁迎面呼啸而来
小外甥说怎么黑洞洞里钻出一辆火车
那是这个城市的心跳

一朵红云飘过
来自东方遥远的国度
来自我的祖国
我的天空
一点羞怯　一点柔情　一点娇纵
一点爱的渲染
点缀蔚蓝的天空　宽广的胸膛　孤独的心灵

我热爱的中国文字
是我栖息的地方
永字八法的平稳
横平竖直的工整

一个逗点　一个圆圈　一个惊叹号
字里行间闪烁民族的灵魂
时代的骄傲

家门敞开
拥着爱　拥着亲情
拥着 960 万平方公里的土地
父母的眼角泛起涟漪
儿子微笑的脸上泛起红润
窗台上玫瑰花的馨香扑面而来
幸福说来就来　说难也易
留在心灵最深处
回味一生　甜美一生

2012 年 3 月 2 日于巴塞罗那

月儿绕过我的窗口

城市边缘的楼房
有一搭没一搭地立在我的窗口
月儿悄悄地从我的窗口走过
同时走过的
还有盛开的云朵

月儿悄悄地绕过我的窗口
月光如水
倾泻在城市的十字街口
月光里有我甜美的梦
梦见年少的儿子书写着工整的汉字
梦见他在宽宽的操场上奔跑

月儿悄悄地绕过我的窗口
倾听她的絮语
就是倾听祖国的心跳
感受五千年风雨沧桑的温度

2009 年 10 月 5 日于巴塞罗那

你那里月亮升起了吗

一点雨声的幽凉从晨曦中走来
从城市的那头走来
从高高的山顶上奔跑着下来
穿过城市的暗黑的夜
赶在黎明之前唤醒我沉睡的梦

视线很短
在城市的高墙与高墙之间游移
在街道与街道之间行走
在文字与文字之间彷徨
而思念却很长
就像深夜的雨声
从城市的大街小巷里汹涌而来
浸透我的身心

而月
是在我心灵的空间冉冉升起
在遥远的东方古老的国度
月光淌过一条条河流
越过一座座山岗
照在故乡的土地上
照在房前屋后的台阶上
照在母亲的发梢上

你那里月亮升起了吗
我的天空正在落雨
删除记录
就像删除月边的云彩
删除异乡的浮躁与无奈
而删除不掉的是母亲对儿女的爱与牵挂
是故乡的月亮
那皎洁的清光挥洒在浩瀚的夜空
倾泻在宁静的村庄
凝聚成母亲的微笑
那笑容
就像盛开的雪莲
像含笑的芙蓉
像我故乡的山野上怒放的杜鹃花

远和近
其实就是心与心的距离
有的人咫尺天涯
有的人天涯咫尺

2012 年 12 月 8 日于巴塞罗那

眺望村庄

我站在高高的山梁上
眺望村庄和村庄以外的一片稻田
山脉弯弯　溪流弯弯
小路弯弯　田埂弯弯
稻穗弯弯　镰刀弯弯
父老乡亲的脊背弯弯
收割的形象就在这弯弯与弯弯之间
呼啸而来

而我
是在国庆假期的时候
与亲人一起收割稻谷
稚嫩的小手与稻竿亲密接触
与镰刀热情地握手
掌心的泡泡就在这亲密接触之间开始生长
跨越纵横交错的纹路
我们以丰收的方式来庆祝新中国的生日
那原始　简易的收获
谱出的却是动人心弦的歌谣
关于粮食　关于成长　关于呵护
关于爱与爱的传递与交流

把爱情装在八分邮资的信封里
把丰收挑在徒步行走的肩膀上
村庄的故事
就在姑娘走在村庄的小路上开始盛开

我站在高高的房顶上
眺望村庄和村庄以外的一片楼房
有一种人口注入的方式叫移民
有一种交通方式叫公交
有一条路线叫铁路
有一种速度叫高速
有一种通信方式叫网络
我的村庄开始繁忙
开始承载祖辈前所未闻的期望
开始奔腾

我站在浩瀚的地中海之滨
眺望
鸥群掠过海面　凌空飞翔
蔚蓝的大海　蔚蓝的天空
明净亮丽的是我的眼睛
我的村庄在海天之间冉冉升起
在海之角　云之端

在我灵魂的最深处
乡音似水
鸟儿深情地歌唱
芦苇轻盈地舞蹈

隔洋相望的疼痛
像故乡的美酒
又像异乡的咖啡

2013 年 11 月 1 日于巴塞罗那

送别祖父
——清明·怀念祖父

母亲在微信里诉说祖父去世的情景
一个个泪奔的表情充斥界面
那本是人间美好的四月天
花红柳绿的四月天
莺歌燕舞的四月天
祖父亲手播种的秧苗刚刚站稳
苗儿青青
轻抚波光粼粼的水面
还有伴生的鱼群蝌蚪以及一些微小的生物
田埂上还有蚂蚁爬过……
那是我故乡的稻田
祖父
就在层层梯田之间走尽一生

乡村的早晨在晨雾中醒来
在鸟鸣中醒来
在流水淙淙之中醒来
祖父　就在这天籁之音中醒来
醒来　又睡去
沉沉地睡去
没有预兆
没有交代
甚至没有留下他慈祥的面容

让子孙聊以瞻仰

我与堂姐奔跑在放学回家的路上
村里的大婶告诉我们祖父去世的消息
欢快的脚步瞬间变得急促
我宁可相信这是一个谎言
我们奔至祖父床前
只见祖母坐在他身旁哭
那生离死别的呜咽让我至今难忘
大伯母与邻里站在祖父床前做祷告
堂姐一进门就哭
而我却不相信祖父真的死了
心想是不是他们做完祷告
祖父就像往常一样爬起来
可是直到"阿门"之后
祖父仍然安静地躺着
我这才确信祖父走了
他再也不会爬起来跟我们共进午餐了
祖母叫我把锅里的饭盛去吃
我端了饭碗到屋外的石头上坐着
不停地哭……
那年我八岁
在我的记忆里第一次见证了死亡

父母带着我的小妹做客外婆家
闻讯赶回料理祖父的后事
在祖父灵前
母亲哭得伤心至极
她不停地追问
为什么祖父在她不在家的时候走了
然而也是母亲的主张一改村里往昔的风俗
把送丧队伍中每人一绺的的确良白布
换成雪白的毛巾
方便实用　洁白无瑕

祖父安葬在我们上学必经的路旁
可是我的小伙伴个个落荒而逃绕道而行
只有我跟堂哥堂姐依然从老路走过
看那纸开的花朵一天天地蔫了
现出竹制的花架
直到父亲把这些物什整理在一起
在祖父坟前的空地上烧成一堆灰

村里的风水先生说祖父的后代必出读书人
你看　祖父的坟墓正对着一张办公桌
那凸起的山坡的造型就是一张办公桌
我们上学放学都从那张"办公桌"上走过

我们常常站在"办公桌"上远望祖父的坟墓
看墓前草枯了花谢了树叶落了
看墓前草绿了树绿了杜鹃花开了
我们也常常站在祖父的墓旁远望"办公桌"
看桌上豌豆花开了
看桌上菜叶儿绿了
看桌上苗儿青了又黄了
稻穗儿麦穗儿沉甸甸地弯下腰来了……

2017 年 4 月 5 日于巴塞罗那

窗口

轻轻地拉开窗帘
新年的阳光普照大地
窗台的海棠花对着我微笑
蒲公英对着我微笑……
我的晨间时光
总会与这些花儿草儿对视
我望着你　你望着我

我的窗口是小小的窗口
偶尔有蜂蝶与鸽群光顾
生命的色彩与律动
在绿叶与鲜花的纹路之间
在生灵腾飞的羽翼之间

我的窗口是小小的屏幕
每天总有那么一点时间隔屏相望
隔屏相望隔屏相望隔屏相望
隔屏相望有数不尽的痛楚
我的窗口有我的祖国我的春晚
有我的遥远的东方古老的国度
有我的村庄
有我的父母为祖父祖母扫墓的情景
父亲挥动手中的镰刀演奏一曲山野之音

母亲举起手中的相机摄下永恒的画卷
那盛开的鲜花是不谢的玫瑰
从春开到秋　冬开到夏

我的窗口有我的亲友
时时刻刻岁岁年年满窗问候满窗祝福
我的窗口有故乡的年景
有喷香的年糕美味的水饺
有高挂的红灯笼
有龙灯鱼灯采茶舞……

2018 年 2 月 27 日于巴塞罗那

梨花飘雪

连日阴雨之后
雪花儿终于飘落在这个城市
星星点点装扮着高高的行道树
装扮着鳞次栉比的楼房
装扮着行色匆匆的车流与人群
这个温和的城市
在微雪中沉醉
在微雪中舞蹈

这是一场初春的小雪
像极了我的江南我的江南雪
我的江南雪在初春的柔光里舞蹈
舞动一个村庄一条河流
舞动一片田野一脉群山
我的江南雪像梨花一样清香
有着灵动的生命的气息与归属
有着梨花飘雪飘雪梨花的交融

我的江南雪是调皮的江南雪
小小的雪花儿靠近我　靠近我
"唆"的一声钻进了我的颈窝
任谁也找不着
我的江南雪啊
冰清玉洁的江南雪
深深地藏在我的心窝

2018 年 3 月 13 日于巴塞罗那

街灯

我常常有一种错觉
在你的面前
总以为你的光为我而亮
总以为你有序的绽放是写给我的诗行
你曾经明确地告诉我
这不是写给我的诗行
你为无数晚归的人而亮
为无数迷失的人指引方向
而我　为什么还是那么执着地认为

你的光亮照在小城的街口
在你的柔光里
我总是与我的影子同行
你的光亮落在城市的大街上
我孤独地向灯火阑珊处漫溯
你在无边的灯红酒绿里坚守自我
在日出之前
坚守你的领地

太阳有太阳的光环　你有你的柔美
我的阳光必定是春日的柔和的光
连同故乡的杜鹃花一起开放

2018 年 4 月 17 日于巴塞罗那

等待

当我的归期已定
等待便悄然开始
尽管此次行程只为公务
没有抵达我的故乡　我的村庄
而我确切地知道在祖国的大地着陆
在北京　在厦门
在天安门广场的鸽哨里迎来曙光
在东海的潮声里告别夕阳

不管我的归期已定或者未定
等待都是固有的存在
那些尘封的旧书
不管我翻阅或者不翻阅
旧书都是固有的存在

同时等待的还有故乡的亲友
母亲一遍又一遍地数着我的归期
那眼角的细纹
分明是含苞的花蕾
一点儿一点儿地绽开

岁月就像故乡的河流
总是不急不缓地奔流
不管我等待或者不等待
时光自来

2018 年 6 月 28 日于巴塞罗那

明镜

中秋的时候
我根本没有看到月亮
等我收拾好手头的工作
抬头仰望
只有城市的街灯与树影
我朝着窗外眺望
不知道月儿是否已绕过我的窗口
在别处洒下一片清光
我甚至不清楚白天是否晴好
夜晚是否皓月当空

这是一个海滨城市
"海上生明月"
我却未曾亲见
我把生活过得极其简单
删去了种种花絮

而我心中的明镜却一直都在
那是故乡的月亮
不管是不是中秋
有月的晚上就有生活

月儿弯弯　月儿圆圆
母亲带着我收拾晒坪上的菜干
带着我把山坳的柴禾挑回家
月光斜斜地照进窗口
我们围着箩筐挑油茶籽儿
听父亲讲述古老的故事
关于岳飞　关于杨家将
以及祖母念念叨叨的传说
牛郎织女　嫦娥奔月……

原本毫不相关的脚本
因为月光　因为祖辈的陈述
仿佛连缀成一起
在同一个舞台演出

2018 年 10 月 3 日于巴塞罗那

江南雨

我的江南雨从对面的山坳里飞奔而来
落在祖父的斗笠上　蓑衣上
四月的田间有他插秧的模样

我的江南雨从老屋的檐沟里滴落
我和我的伙伴们就在雨帘里奔跑
直到母亲一声吆喝才知道收敛

我的江南雨在房前的荷塘里跳跃
荷叶上翻滚着无数珍珠
直到雨过天晴在初阳里蒸融

我的江南雨是一场生命的孕育
分娩的疼痛成为一个符号
一个生命的印记
从此我有了坚实的盔甲
有了生命的延续

2018 年 11 月 14 日于巴塞罗那

致雨
——写在儿子出生之际

你的胎心像一列疾驰的火车
朝我的方向呼啸而来
我一夜阵痛驱散小城的沉寂
你在教师节的时候诞生

入秋的朝霞铺满大地
你以第一声啼哭
为父母的节日
镀上一层神圣的色彩

你是我生命的升华
你以均匀的呼吸
把最美妙的音乐带进我的梦里
把最动人的歌播放在我的心里

你美丽的眼睛
是含苞的芙蓉
你每个生命的本能动作
都是一首最感人的诗

你的微笑绽放"花好月圆"
我以诗集的名字给你命名
你的生命是中国式的诗歌
渐渐长成一轮圆圆的月亮

2002 年 9 月于浙江青田

水汪汪的春天

春节一过
我就开始想象春天的模样
桃红柳绿　莺歌燕舞
一切美好的词汇早已用尽
春天
在人们互相庆贺的祝福里
轻轻悄悄地漫步
在高举的酒杯里
袅袅婷婷地溢出
在红底黑字的春联间站立
在热气腾腾的餐桌上轻舞

我站在窗口眺望
目光越过海洋越过山川
在我的故乡着陆
江南的春天吐着新绿
新翻的田畴已经铺平
灌满盈盈的春水

撒上水稻的种子
让种子沉淀的是春水
让人心沉淀的是岁月
时光的册页上
写满春耕的忙碌与希望
同时忙碌的还有飞鸟与蛙群
唱响一个水汪汪的春天

2019 年 2 月 9 日于巴塞罗那

距离

是谁？给你取了这个名字——中秋
我总是在无尽的忙碌里
忘记确切的日期
直到你走过流金岁月
走到我身旁
就像从远古走来的无瑕美玉
明亮，明亮地闪着清辉

努力靠近你，靠近你
握在掌心，怕你碎了
含在口中，怕你化了
爱上中秋，不需要任何理由
年年与你相遇
相遇，又分离
就这样擦肩而过
消失在高举的酒杯里
消失在高悬的明月里

相约海天之间
你可知道
从夜空升起的不只是明月
还有我的故乡，我的亲人……
母亲说，我就在微信里看你们过中秋

看孩子过生日……
啊，亲爱的爸爸妈妈
我们明明有着一万多公里的距离
却只有荧屏之遥
你看着我，我看着你
距离已不是距离
像成熟的稻穗一样俯首，低眉

成就丰收的模样

2019 年 9 月 13 日中秋于巴塞罗那

繁星

我们飞上了夜空，
母亲坐在窗口。
机翼上闪着点点灯光，
她说，起初还以为是星星。
可是这星星怎么一直跟着我们飞行？

我们透过小小的窗口，
在浩瀚的夜空里寻找繁星，
怎么也找不到，
找不到儿时在院子里仰望的那条天河。
只有零星的几颗，
一闪一闪地眨着眼睛。

也许星星落到了人间。
母亲说，灯光多的地方是城市，
灯光少的地方是村庄，
没有灯光的地方是山脉或者海洋……
天上点点繁星，人间脉脉温情。

从一座城市到另一座城市，
从一个国度到另一个国度。
其实，我一直没有离开，
总共只有一个地球，
哪里，都是母亲的视线所及。

2020 年 2 月 8 日于巴塞罗那

遥望

没有航班的日子
距离突然远了起来
想飞，却飞不了
曾经满足于信息时代的快捷
从而忽略亲临，忽略接触
忽略面对面的交流
以为一声问候一个表情就能替代

一场空前的灾难搅乱生活秩序
让我们从错觉中醒来
彼此遥望，却不相见
与东方大地的时差已熟稔于心
冬天或者夏天　白天或者黑夜
都可以猜想父母可能在做什么
起床、用餐、去菜地……

夜空如洗
窗口的小花遥望明月
相望却不相及
月光皎皎　花影绰绰
花好月圆从来被视作美好的结局
而花月相对的距离
一个在天，一个在地

月光洒在老家房前屋后
蛐蛐儿低语　夜莺歌唱
月光洒在我客居的城市
海面波光粼粼
城市的灯火与明月争辉
遥远的距离
成就爱的高度与厚重
不单单是一个传说，一段故事
一阕歌词……

2020 年 5 月 11 日于巴塞罗那

杨梅红了

母亲给我们发了一个视频
杨梅红了
还没有熟透
但那鲜红的姿态悬挂的情状
在繁茂的枝叶间跳跃
美味和乡思已呼之欲出

树下还有父亲劳动的背影
十几年来
故乡的耕地逐渐被楼房替代
山上的一些田地
又让杂草和灌木居住
只有外坑的方寸之土
成为父母的信仰
每天都要在这里度过一段时光

蔬菜和果树被父母打理得像修长的睫毛
而外坑的溪流就是明眸
一闪一闪地亮着清辉
小时候，听父亲说
全世界的水都是相通的
也许正是因为这样
当我们在异国他乡做着无土的耕耘
却时常收到来自故乡的滋润

2020 年 6 月 5 日于巴塞罗那

等月亮

朋友早早地晒出今晚的月亮
说很亮　很圆　很想回家
我不自觉地走到窗口
啊，月亮，我这里还看不到你
只有灯下的一些绿植
邻居窗口的点点灯光
越来越像我故乡的萤火

白天的喧嚣已褪去
轻柔的音乐是城市之夜的元素
在沉香里　在梦乡里弥漫
在我不断切换的仰望的角度中
你姗姗来迟

我等到了　等到了
你从墙角钻出来
我紧紧抓住
那么亮　那么圆
有你的夜晚就有故乡
你看着我　我看着你
没有你的夜晚也有故乡
你想着我　我想着你

2020 年 7 月 5 日凌晨于巴塞罗那

稻鱼之思

坐在桥头的石阶上
安静地望着梯田
刚刚站稳的秧苗迎来鱼苗入水
从此打开夏日的天空
打开洁白的云朵

芒种之后的田畴开始忙碌
卷着裤脚光着脚板的双腿
在田埂上走过
满是泥浆的双脚在大地之上
描绘丰收的蓝图

流水潺潺，栗树花开
村口的石拱桥还在吗？
飞檐翘角的亭台还在吗？
一张尘封的旧照片，已模糊
但依然能感受深邃的双眼
平和，慈爱，期待，关怀……

稻谷成熟的时候
我们都要"尝新饭"
喷香的米饭，鲜美的鱼汤，醇香的糯米酒……
仪式，是对大地和粮食的敬畏
一条鱼，游离相依一生的水稻之后
再也无法溯回

2021 年 9 月 1 日于巴塞罗那

鸽子

不知道是不是同一只鸽子
经常从窗外飞过，时而停歇在窗口
与花草为伴，与我对视
任我呼唤，拍照，拍视频……
它都那么安详
仿佛已是老友，惺惺相惜

午间的一场急雨
花草沐浴，鸽子逆飞
鸽子的家在哪儿？
为何不进来躲雨？
莫非还有老小、同伴？

所有时间里的事物都一去不返
赫拉克利特说："人不可能两次踏入同一条河流。"
那么，今天的鸽子已不是昨天的鸽子
羽翼更丰，眼睛更亮

2021 年 9 月 29 日于巴塞罗那

清明

看到一家小店的柜台上出售清明果
我才想起清明节临近
看了一个师生问答的视频
我才知道今年清明节的确切日期
我们都在忙什么？
忘了相关或者不相关的节日

扫墓祭祖　踏青春游
走过油菜花开的田野
麦子扬花抽穗
田间长满做清明果的棉菜
以及各种喂兔子的青草
新生的豆荚鲜嫩青翠
翻过杜鹃花开的山坡
摘一张新生的树叶可以卷成笛子
吹出单一的脆响
跨过溪流，水声潺潺
溪边的水草和水中的生物一起舞蹈

人间极美四月天
记忆是最好的网
先人的足迹　逝去的时光
——过滤
如草木　熬过冬季
——复活

2022 年 4 月 5 日于巴塞罗那

度夏

阳光好像毫无倦意
整个夏天，无遮无挡地照耀
母亲说，今年大旱，酷热
外坑的蔬果都被晒枯
溪里也没有水了
想提点水浇菜，得走很远的路
远水解不了近渴，听天由命吧

全球持续播报高温
窗口的花草枯萎凋谢
雷雨就是来帮助人们度夏的
也帮助草木
历尽劫波根系在
雨露相逢又复苏

朋友们早早地晒出
"立秋""秋天的第一杯奶茶"
我还没有做好准备
秋天已悄然而至

2022 年 8 月 9 日于巴塞罗那

圆满

直到深夜，窗外才安静下来
夜风吹过，树叶沙沙作响
像海上的波涛，一浪接着一浪
从街口至街尾，不停地翻涌

坐在夜空之下
似乎可以听到辽远的天际云朵的呼吸
纷繁的杂务使我们遗忘星光，遗忘月光
遗忘城市之外的生灵
我们似乎习惯了市井生活
习惯了辞旧迎新
习惯了夜深之后开始想象东方已经天明
想象东方大地之上的父老乡亲
躬耕于田畴，又收获于田畴

进入八月
我们开始期盼圆满——中秋
不管是阴是晴，心中都有一轮圆月
即便围着烛火
也是圆满

2022 年 8 月 28 日于巴塞罗那

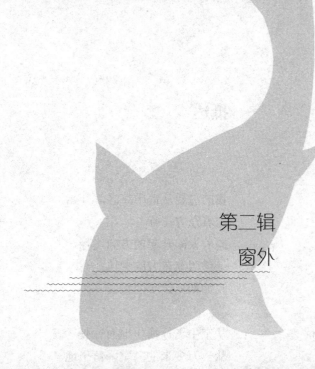

第二辑

窗外

抵达

我的清晨从地中海之滨开始
向着东方飞行
向着太阳升起的方向飞行
晨曦照亮东方的大地
我如期抵达我的祖国

从空中飞行换作地面行驶
从一万多米的高空降落平地
万水千山　风尘仆仆
只为抵达我的故乡
父亲早早地在门口等候
母亲早已备好一桌菜肴
桌边还放着一篮鲜红的杨梅
这果子
曾是我们成长的见证
曾是我们梦寐以求的果子
回家，回家
我就做父母身边幸福的孩子

小路弯弯　溪流清清
蔬果飘香　夜雨敲窗
走近，走进，你一直在这里等我
当我远离，你就住进我的梦里

2019 年 6 月 24 日于浙江青田油竹叶山村

离别路上

总以为自己有多么坚强　多么坚强
离别的时候不会泪眼婆娑
而当我站在父母身边
离情别绪却写在脸上
大小行李装满车
我带走的不只是物品
更是父母的爱与牵挂

年迈的父母坚持要送我们到车站
检票入口　送客止步
我们不停地挥着双手
说着"再见！再见！"
拿什么来告别
如果不是《离别的车站》那么煽情
我以为自己可以挺住
我们向往诗和远方
却把根留在故乡
留在父母身边

2019 年 7 月 11 日于青田前往上海的车上

一个人的旅途

因为路途遥远
这些年　每次回家
总是呼亲唤友　结伴同行
缓解旅途的孤单

一个突然的决定
来一场说走就走的旅行
丈夫和儿子在机场告别
那么轻描淡写
儿子只是担心不能按时吃到午餐
啊，母亲的角色
直到我当了母亲
才逐渐理解母亲所做的一切

向着东方飞行
天色暗得特别快
只剩下机舱内一点微弱的灯光
和无数指示灯的亮光
如何度过这漫漫长夜？
不像之前的旅程
跟邻座的儿子一起下五子棋
那么，我就把这灯光当作月亮
把无数指示灯当作满天繁星

我对着月亮和星星作一段告白
月是故乡明
我替漂泊在外的亲友抵达故乡
与留守故乡的亲友相见
与故乡的山川河流相见

向着东方飞行
天也亮得特别快
神奇的东方　古老的国度
在晨光里　在云霞里
喷薄而出

2019 年 10 月 13 日于巴塞罗那至上海的航班上

离别的车站

就这样，就这样深情地回望
把这次国际之约的旅程
一一回放
苏杭之旅是完美的旅程
江南水乡的韵味
就在彼此欢笑的同时沁入心脾
芙蓉花开，杨柳依依
水光潋滟，残荷留馨
慧慧高举的单反
为我们留下永恒的瞬间

如果说人到中年还有一点私心
那就是也要有自己的假期
月儿始终是我心中的姑娘
走过千山万水
容颜未老，乡音未改，童心未泯

小城的街头巷尾
几天之间
成为我们购物的天堂
也许这是女人的天性
除了游玩和购物
我们还要唱歌、举杯、高谈阔论……

如果岁月的河流能够凝结
友情就是伫立的丰碑

在"送客止步"的入口
月儿和她的行李一起通过
这个原本陌生的车站
顷刻之间变得让我那么爱怜
那么爱怜……

2019 年 10 月 28 日于青田

归途

从巴塞罗那的晴空到法兰克福的天空
我从厚厚的云层里降落
雨，还没有落下
12摄氏度的气温
一点微凉
而大屏幕上写着"南京"两个大字
醒目，温暖，热度，穿透荧屏的力量
何止是秋天的第一杯奶茶？

南京的天空多云却充满温情
"祖国欢迎你回家"消除游子的顾虑
如果不是父亲身体欠安
我们也不想在疫情期间回家
给祖国和政府添麻烦

长江是我们的母亲河
我们就在江边的城市隔离
为他人也为自己负责
看着地图上那么亲近的河流
仿佛就在母亲的身边，或者怀里

多年来，中秋回家，只作为一个念想
这次与妹妹一起踏上归途
刚好遇上中秋，遇上新中国的生日
尽管没有迅速抵达老家
而归心，已落在国土之上

2020 年 9 月 29 日于南京

隔窗望月

在窗口，我观望了很久，很久
月亮终于从云层里钻出来
六朝古都的月亮
那么安静，那么害羞
把云朵扯成一缕一缕
时而掩面，时而出镜
是不是金陵女子的衣袖？
东方大地的霓裳？

今年中秋
我在归途中过着隔离的生活
妹妹的房间在斜对面
她说看不到中秋的月亮
白天拍了窗外的天空
以及天地之间的五线谱
还让我来画音符
我们在微信里联系
她说这样没有距离

月饼、水果和祝福，摆满桌
电视里播放着中秋晚会
美轮美奂的洛阳，美轮美奂的中秋
彰显神州大地的硕果……

归程漫长，相聚才弥足珍贵
隔离，这方寸之地，让心沉淀
让花好月圆之梦
静静地盛开

2020 年 10 月 1 日于南京

与深海鱼对视

城边读水

曾经那么走近你，靠近你
以为挥洒青春和热血
就能成为你掌心的宝
那时候，你没有这样漂亮
这样夺人眼目
而今，我走在你身边
粼粼波光携着霓虹一样的梦
在深秋的夜晚奔跑，奔跑
诗和远方，只是一叶浮萍，一粒尘埃
淹没在流光溢彩的世界里

一曲未了，一曲又起
一波未去，一波又来
你听，一枚金色的银杏叶
从无数飘飞的落叶里胜出
在你的波心荡漾
一条小城依偎的河流
一座河流滋润的小城
水边城，城中水
我在城边行走，在水边行走
在凌空飞架的桥梁之上
看山看水看城
看月亮从东山之巅升起

看日夜思念的故乡突然呈现
却不是原来的模样

太鹤湖，江上的一段截流
人们给你取了新的名字
我还是习惯于呼唤你的乳名
——瓯江

2020 年 11 月 8 日于青田

鱼的记忆

方山出名之前
我就在层层梯田之间行走
在两个村庄之间的田埂路上
单薄地行走
朝阳与彩霞涂抹的岁月
是亘古不变的容颜
稻谷和田鱼，从来就是互生的爱情
轻描淡写，或者浓墨重彩
爱，都在这里

外婆家的故事永远是美好的传奇
今生或者来世　醒时或者梦里
一条鱼的爱情，一株水稻的相思
像龙须草编织的河流
从高高的山崖开始奔流
像落叶穷尽一生的飞舞
编写一树一树的金秋……

2020 年 11 月 17 日于青田

想念外婆家

雨刷悠闲地游走
岁月静好，屋前长满杂草和灌木
紫色的扁豆，紫色的小花
狗尾巴草在微雨中舞蹈
芦苇花蘸着雨珠……
我熟知的梧桐和柚子树不见了
断壁残垣送走似水流年
小巷深深，雨雾蒙蒙
青苔铺就的往事是永不过时的歌谣

想念阁楼的窗口飘出我的书声
想念奔腾的溪流，想念溪边的水井
稚嫩的肩膀挑起温润的井水
外婆家的水缸开始丰盈
丰盈的还有外婆的生活
收音机里播放越剧的歌声
穿越木楼梯的台阶木板壁的缝隙
与炊烟一起袅袅升腾

2020 年 11 月 21 日于青田

倒影

雨后的地面积了一层水
闲坐之际忽然发现时光的碎影
从家里出发的时候没有雨
我还为家里停水喋喋不休
多晴的秋冬
大地渴望雨露滋润
水是生命之源
没有水，何来幸福的指数？

习惯于把倒影定格在江河湖海
偶然的相遇来自另一场不遇
时光在浅浅的水洼里停留
身旁是沉默的瓯江
眼前是静默的园林
草木知岁月，落叶识春秋
微风微雨诠释的小城
在鸟儿相向而鸣之际
读懂知音

2020 年 11 月 22 日于青田

盔甲

我把冬天的装束当作盔甲
冷峻，坚毅，面无表情……
在你的面前，孤独地行走
走过山川、河流、城市与村庄

一个唯美的存在
青田，鹤山瓯水
这里的石洞藏古书，古书之中出圣人
这里的石头会唱歌，赋予生命和意义
这里的子民会腾云驾雾，漂洋过海……
我的村庄深深地埋藏于群山之间
埋在你的胸前，或者站在你的脊梁之上
仰头或者俯首
坚冰下的眼波，是一泓清泉
是不是要遭遇一场战火？

阡陌纵横，花开有时。
零下六摄氏度的寒流
冻结　爱的漩涡
窗外的时光在杯中拉长，变慢，变慢
慢到可以倾听心脏的跳动血液的奔流
可以倾听瓯水东逝远山走近
可以倾听花开的声音落雪的声音

伸出我的双手
冰冷的指尖护卫你手心的热量
日月山河在掌心流转
我披散长发，丢盔弃甲
在你的血液里奔流
在你的脊背上行走

2021 年 1 月 7 日于青田

陪伴

客厅里依然摆着小小的方桌
只比茶几高一点儿
古旧，卑微，不合时宜地占据一个角落
桌面的油漆早已脱落
原木本色
去年的日历还未翻完
今年的日历就在旁边守候

我入学之前父亲特意为我做的书桌
数十年光景
陪我　陪你　陪他
精美的书包、花伞和雨靴
江南多雨，有了这样的装备
就可以坦然地面对雨雪

写字　算术　画画
也围着方桌弈棋
跳棋　象棋　围棋
我们也喜欢围着方桌打牌
薄薄的纸牌厚厚的情谊
还记得红五，记得司令……

有些旧事逐渐忘却
有些旧事有根，也有翅膀
会生长，也会飞翔
就像我们飞过万水千山，飞抵故园
停留在父母身边
陪伴就是最好的良药
最长情的告白，爱的反哺

2021 年 2 月 10 日于青田

窗外

小妹和表弟拎走了我的行李
母亲帮忙提走随身书包
父亲倚在门口，看着我
"爸爸，我先出去，过几个月再回来。大约在冬季……"
我不敢承诺，不知道是否能够践行
看似轻松的告别，其实早已热泪盈眶

离别的车站那么煽情
亲友相送，不约而同
我一再叮嘱不要送，不要送
对谁，我都做得不够，多有辜负
滴水之恩，涌泉相报
泉未涌，何以报？

看着窗外飞速后退的风景
以及亲友的背影
我泪如泉涌
曾以为自己有多么坚强
此刻脆弱无比
像一片易碎的玻璃
一层融化的冰

2021 年 2 月 19 日夜于韩国航班经停之际

起点

一次一次地返回，像一只候鸟
我听见水的声音，悄悄地流过我的村庄
我听见风的声音，吹过林梢，吹过麦田
吹过豌豆花开的田埂
我听见心跳的声音，听见你呼唤我的名字
平淡而有磁性，温和而有力量

不仅仅是因为孤独的栖居
一个下午，或者黄昏
一个季节，或者岁月
我们都没有离开
墙外流水，园内花香
鹦鹉在枝头歌唱
凌霄花攀缘而上
睡莲是不是开始冬眠？
来年，是否会在这里等我？

南方的冬天少雨
我期待一场雨，一场泪如雨下
离别，本身并没有什么
只是我们赋予家的名义，爱的名义
才变得生涩、黯淡而心疼

你一直在为我筑巢，铺上爱和情
我走不出，也飞不远
我是你怀里的一块冰
寒流和磨砺让我凝固，坚强，棱角分明
而温暖，却让我融化

2021 年 3 月 15 日于巴塞罗那

盲点

一个盲点，不会轻易地被打开
音盲偏偏遇上歌者，舞者，演奏者
被唤醒，被触碰，被演绎
于是向往一场修行
在黑白琴键之上度过午后的光阴

琴行的姑娘弹起心爱的古筝
乐声如泣如诉
拨动琴弦的手指也拨动心弦
多少个秋冬的午后
我们在五线谱上行走
在音符里徜徉

喜欢琴行的名字——知音
高山流水的相遇
益友良师的相知
一扇窗，一扇门，一堵墙
歌词说：
"走过来坐在我的身旁，
不要离别得这样匆忙……"

瓯江水满，像深邃的双眼
琴键一按，琴弦一拨

就集体奔流，像奔赴一场战役
爱的期待是相聚，过程却是分离
像五线谱，像乐器之弦
平行延伸，却始终相依
音符相连，气韵相通
终极的关怀与眷恋

就在互相凝视的瞬间

2021 年 4 月 8 日于巴塞罗那

云之思（组诗）

孤云

一场梦境，或者幻象
起始和终止都不明确
向着云雾深处漫行
从清晨到黄昏
始终没有抵达想要的高度

云脚扫过群山，飘过我的村庄
如果仰望能够企及
我愿意一直以这样的姿态看你
漂泊，是你一生的使命
无关季节和方向
当你积聚足够的能量，凝结成形
落下的全是泪滴
粉身碎骨，奔赴大地

村口

父亲坐在村口的廊亭里
望着我们行走的方向
我站在城市的街口

望着东方，望着村庄的方向

这个叫叶山的村庄
去年底，在村口建了廊亭
我目睹掘地奠基
土木建材一点点平铺一根根竖起

飞檐翘角，东方建筑的风格
红木油漆，中国绘饰的元素
如果能够
我愿意留在这里陪你
走过春夏秋冬
走过绵延的群山与田畴

送别

千言万语，只汇成"珍重"
如果不是疫情
地球已经很小
距离已经很短
来回自如，以为天涯即咫尺

列车启动的时候
你的背影逐渐模糊
自以为坚强，已不攻自破
泪水将内心的柔弱暴露无遗

有一种思念叫云
有一种泪水叫雨
有一种相见叫云端
有一种银丝是母亲的白发
有一块调色板，叫江南雨季
我在地中海之滨
描绘雨中的色彩

站台

我到达的时候
地铁刚刚开走
站台上，只留我一人
空荡，孤寂，像夜空的一片云

短暂的独处，来不及思考
许多陌生的乘客

匆匆来到站台
下一趟列车已经进站
挤进车厢
越是人多的地方
越是孤独

2021 年 5 月 28 日于巴塞罗那

遇见运河

多年以后，仍记得与你的初遇
以为仅仅是一条河流，由北向南
除了书籍和课堂
年少的我，没有其他信息来源
教科书里没有彩色的插图
一条河流，在地图上只是一条黑线
而在老师的讲述里变得鲜活
从春秋到明清，从京城到杭城
时间为经，空间为纬
贯穿五大水系，疏通四省两市
融军事、政治、经济、文化、历史为一体……
知天文，懂地理，通历史
才华横溢的师长平实而又文艺地表达
年少的心逐渐被震撼
才知道你不仅仅是一条河流

现在，对你的亲抚
从纸上跳到荧屏，从荧屏跃到眼前
是在我漂泊了半个地球之后
一个偶然的秋夜
月亮还未升起，星星还没出现
我和月儿、慧还没来得及放下行李
热情的苏州朋友就邀我们夜游

来到你身旁，风尘仆仆
任夜风掀起凌乱的长发
霓虹闪烁，波光粼粼
宾朋满座，苏曲儿响起……
过河埠，穿拱桥
桨声捣碎灯影，美景碰撞历史
那一圈一圈荡漾出去的
是不是你前世今生的轮回？

除了导游的解说，慧的单反
还有无数智能手机
想要什么样的图片就地取景
美轮美奂，顷刻生成你的模样
遇见你，遇见传奇
尽管只是一个标点，一个音符
也可以窥望全篇
当速度和效率成为主流
陆运和空运成为主导
你卸下盔甲，换上了
南水北调的霓裳……

2021 年 7 月 10 日于巴塞罗那

古堰画乡

在水边，我们轻声细语，随意一站
也许成为别人眼中的风景
通济堰，在大溪的水里
以弧形的姿态，一躺就是一千五百多年

古街　古亭　古埠头
古窑址　古村落　古樟树群……
路过，像蜻蜓点水

古老的水利工程
润泽一方水土一方人
而今，当风景也好，作古迹也罢
把它当什么都不重要

就像不要把相遇看得太重
像羽毛，像芦花，像微尘
像草尖上的一滴露珠

朋友说去古堰画乡
有时就是坐在那里喝一杯咖啡
虚度一个下午

2021年8月3日于巴塞罗那

在海边，听风吹的声音

在你的面前，我总是远望，静观
不敢太靠近，与生俱来的敬畏
博大、宽广、深邃、变幻……
在你的面前，听风吹乱发的声音
风吹树叶，风吹沙砾，风吹海浪……
听你的絮语，一遍又一遍地重复
像母亲的叮咛
从旷远的海中央，遥远的东方
奔腾而来

在你的面前，容易想起海子
想起"面朝大海，春暖花开"
想起"喂马、劈柴"的心愿
诗人英才早逝，爱太苦，诗太凄美

那时还是初秋的午后
阳光普照，和煦、温热
我就想听风吹月亮的声音
听月圆的声音
到了中秋，却连日阴雨
只聆听风吹云层的声音
风吹雨滴的声音

如果能够，我愿意做一条鱼
在你的怀里，遨游
如果能够，我愿意做一粒盐
溶解在你的怀里，再也不会干涸
如果能够，我愿意做一棵海草
每天拨动你微笑的眼波

2021 年 9 月 23 日于巴塞罗那

第三辑

与深海鱼对视

咖啡味儿飘出来

如果说城市生活的节奏太快频率太高
那么请放慢你的脚步
让咖啡味儿飘出来
让浓浓的咖啡味儿飘出来
从城市的那头飘到这头
从大街飘到小巷
从春飘到秋　冬飘到夏

就这样随意地一坐
在街角　在路口
在地图上都没有名字的小弄
从杯中升腾的不是炊烟
不是云朵
而是甜美的笑容

我的亲人　我的朋友
我的村庄
就从这袅袅的热气中走来
江南乡村的图画
就从这浓浓的咖啡味儿里浮现
就像一幅逐渐展开的画卷

轻轻地呷一口
讲述一件陈年往事
那咖啡味儿就变得绵长而悠远

过往的日子　青春的岁月
那迷离闪动的柔光
揉碎在心田
就像咖啡味儿苦而美

2015 年 5 月 20 日于巴塞罗那

乐声走过我跟前

这种被称为卖艺的生存方式
连同琴弦上跳跃的音符
与地铁本身一起轰轰作响
与列车一起奔跑

尽管深情演奏
尽管旋律优美
而观众却没有停住匆忙的脚步
一曲未了
早已换了几批
熙熙攘攘的人群涌出去　又涌进来
挤进来　又挤出去

乐声就淹没在嘈杂的人群之中
而我　岿然不动
像要穿越时空隧道
从城市的这头坐到那头
从起点坐到终点
其实我并没有确定的目标
只是随意地出去走走
而当我幻想着有乐声一直陪伴
陪我走过这漫无目的的行程
为午后的孤独增添一点写意

那乐声便戛然而止
随之而起的是叮当作响的硬币
这响声
也像美妙的音符跳跃着从心灵穿过
就像一朵一朵盛开的白莲
牛奶面包油盐酱醋次第开放
同时盛开的

还有咖啡和红酒
还有妻子儿女依偎在身旁

乐声走过我跟前
走过一节车厢又一节车厢
穿过一条隧道又一条隧道

2015 年 5 月 21 日于巴塞罗那

爱的集锦

如果说我对你的爱是固有的存在
那么你就是一缕清风
拂过江南大地　拂过地中海岸
拂过五洲四海　拂过我的脸颊
唤醒我沉睡的梦

你是一缕阳光
在黎明时分照亮我的旅程
而我　是在初阳的蒸融里聆听你的呼吸
你是大地
我是你掌心的苗儿
在你温润的气息里成长

你是春日的小雨
淅淅沥沥地落进我的梦乡
你是故乡的笛音
唤醒父辈躬耕的背影
你是呢喃的飞燕
你是花红柳绿草长莺飞……
你是人间四月美好事物的集锦
涓涓细流　必成江海

2018 年 4 月 8 日于巴塞罗那

风声琴韵

如果没有导航
我肯定找不到 Turo del Sol 山庄
这个叫三角钢琴的庞然大物
已早早地作了一次出城旅行
比我们更早抵达
它的主人早早地拨弄琴键
早早地让琴声在林间穿梭
与秋风一起歌唱
与朝霞一起舞蹈

西式的庄园　西式的乐器
古典的西方乐曲
却由一群东方儿童来演绎
孩子，当你的指尖在琴键上舞蹈
当你举起长笛轻轻一吻
当你的小号高举过肩
以站立的姿势出现在我面前……
我的瞬间　我的错觉
是不是闯进了十八世纪的欧洲音乐盛会？
从你的指尖流出的是贝多芬的名曲
从你的唇边跃出的是莫扎特的音韵……
一棵棵擎天大树
瞬间成为站立的乐谱

孔雀为你开屏　为你舞蹈

从朝阳初升到夕阳隐退
百鸟归巢　城市的灯火次第盛开
在四十公里之外召唤
我们与风声琴韵一起回城
晚安！

2018 年 11 月 12 日于巴塞罗那

红酒

一

如果爱你
为什么到了唇边又把你放下
如果不爱你
为什么把你高高举起细细端详
你迷人的色彩
醉人的醇香
是不是前世今生的奇缘
如此靠近却又始终分离

以无数形象把你幻想
还有什么比举杯更让人尽兴
你在众人簇拥之下接近双唇
像一滴水从植物的根系开始旅行
你跟着伙伴从杯沿集体出发
融进我的血液
一起沸腾
直到我的脸颊开出鲜艳的红晕

二

作为一种馈赠
你步履娉婷
我无法抗拒
无法抗拒
你这来自异域的新娘
却衣着东方的古典
端庄而红艳

透过玻璃我端详着你的睡姿
在餐桌上，人们已端坐良久
而我，却依旧捧着你
一读再读
我想，开启这尘封的瓶口
就会像
打开一道厚重的城门
或者一个沉甸甸的梦

三

醒了吗？
睁开你的双眼
就像打开晨曦里的两扇窗
我已在窗前静坐
春花凋谢
秋叶飘零
等着
赴一场约会

眼看节日的礼花不停地绽放
你这来自欧陆的玉液琼浆
是不是东方绮丽的羽衣霓裳
是不是晨空喷薄的云霞

轻轻地靠近
靠近
冰冷的指尖开始升温
我听到了
听到了你双睑开启的声音

2018 年 12 月 11 日于巴塞罗那

脚步

清晨，我以为还是清晨
其实阳光早已穿透地中海上空的薄雾
洒满大地　洒满大街小巷
为海滨的楼房镀上一层金色的光芒
如果不是因为北欧的寒流
带来连日微雨
这个温和的城市可以连续晴朗
我可以仰望蔚蓝的天空洁白的云朵
想看到一点薄雾
就像遇见一段奇缘

城市的早晨
在这些光芒还未绽开的时候
就开始忙碌
率先忙碌的是人们的脚步
从我身边越过
如履平川　飞快自如
奔赴一个岗位
创造一段生活……

我想走一段有台阶的路
像我故乡的山岭一样
在陡坡之上

筑起无数微小的平台
走在平台与平台叠加的山路上
鸟语花香是我亲密的伙伴
每登上一级高度
都是跨越一次自我……

那么去坐地铁吧
在这个城市里
除了楼梯和地铁口
我不知道哪里还能找到有台阶的路
我的高跟鞋踩出噔噔之声
单薄而局促
台阶两旁没有鲜艳的花朵
只有夸张的广告 随意的涂鸦
不像，不像我故乡的小路

"呜——"一声汽笛
淹没了匆忙的脚步

2019 年 4 月 6 日于巴塞罗那

橄榄树

在窗口，我拥有小小的盆土
努力张望
在高楼与高楼之间
朝着太阳升起的方向努力生长
我不是一棵嫁接的苗
选择人间四月最美的时光
跨越千山万水
凝聚五湖四海的力量
移居你的园中

我是你园中的一棵橄榄树
以站立的姿势　向四处张望
苗木成长　鲜花盛开　硕果飘香
我是你园中的一棵橄榄树
根　深埋于你的沃土
枝叶　伸展于你的领空
我与鸽群一样有着唯美的愿望
飞越万水千山
依然守护一种信仰
坚持　守望

2019 年 4 月 15 日于巴塞罗那

午夜之约

午夜之约是星星和月亮的相约
在黑夜的天空相遇
发现彼此的光亮
星星有星星的轨迹
月亮有月亮的航向
而彼此却那样安静地相伴

午夜之约是鲜花与绿叶的相约
我总是在忙碌了一天之后
才给窗口的花草洒一点儿水花
就像我们偶尔相遇
喝一杯清茶　一杯咖啡
或对饮一杯红酒

午夜之约是黑夜与黎明的相约
是结束与开始的相约
新的一天的开始
总会给我们带来希望与欣喜
午夜之约是阅读与书写的相约
多少年，多少年来
我的精神食粮一贫如洗
只有在忙碌了一天之后
假装一场阅读　一场书写

啊，我没有足够的底气
拿什么来爱你？

午夜之约是一场荧屏之约
我总是在忙碌了一天之后
指尖噼噼还刷屏
我们的午夜时分
东方已是清晨
只要我们在群里呼叫
母亲定然应声而出
家，就是让女人们叽叽喳喳的地方
父亲和弟弟喜欢潜水
但肯定会关注我们的信息
母亲频频催我们休息
"很迟了，你们赶紧睡觉！"
"太晚了，你们快睡！"
"晚安""睡觉"的字样与表情
发了一遍又一遍
而我们依然迟迟不肯离开
啊，妈妈，我们还是你襁褓中的娃娃
一直领受你的呵护

与深海鱼对视

2019 年 5 月 9 日于巴塞罗那

奔流

我愿是一条溪流
从高高的山崖倾泻而下
穿过高山与峡谷
奔流　奔流
流经我的村庄
化作袅袅的轻雾
把村庄打扮成一幅画
一幅水墨山水画
化作一声声鸟鸣
把村庄演绎成一首歌
一首旷远老歌

奔流　奔流
不经意间化为乌有
跨越阿尔卑斯山脉
在城市的街巷里奔流
在时间的缝隙里奔流
畅所欲言　一泻千里

啊，异乡的城市
当我坐在你的面前
沉默多于表达
我是不是已经化作一缕清风
一阵细雨
一片云朵……

2019 年 5 月 17 日于巴塞罗那

偶然

梦醒时分
不一定都是相似的早晨
你看，天边那一朵红云
偶然投影在我的窗口
开出鲜艳的玫瑰
或许这只是一株月季
在窗口越过冬天的唯一的蔷薇科植物
我却一厢情愿地叫它玫瑰

我常常对别处的繁花熟视无睹
而窗台上每一朵小花的盛开
都会带来无限欣喜
滴水之旅的陪伴
就是对一株植物成长的见证
一朵花对生命的诠释
就是绽放

玫瑰　玫瑰
不只是为爱情呐喊
也为生活助威

2019 年 5 月 19 日于巴塞罗那

晨雨

入秋的第一声惊雷
黎明时分　破空而来
我应声而起　手忙脚乱地关窗
然后伫立窗前观望
闪电　这暗夜的亮光宇宙的舞者
赛过人间万千灯火
雨　就这样来势汹汹
敲打在我的窗口
敲打着这些绿叶植物

我说，这个城市的夏天
像我故乡的秋天
只有偶然的热浪姗姗来迟
就像地中海的浪涛轻抚沙滩
就像海风轻抚五彩的阳伞
轻抚阳伞之下或者阳伞之外的人和物
沙和土　房与树

在东方，有一场叫"利奇马"的台风
为祖国东南沿海带来一场洗礼
一场入秋的洗礼
人类与自然的相处
确实是一场考验

你爱着我，我爱着你
容不得虚情假意

一场雨
可以唤醒一个季节
也可以唤醒一场酣梦

2019 年 8 月 12 日于巴塞罗那

与深海鱼对视

是我深潜海底，还是你浮上陆地？
隔着厚厚的玻璃，我们平和地对视，
无语，却很默契。
其实我不知道海的深度，
不知道你的生活习性，
不确定你是否来自深海。

我是一条浅浅的溪流，
源于遥远的东方的某一条山脉，
历经千山万水，跨越半个地球，
来到你身旁。
我也想拥有海一样的深沉，
海一样的博大，海一样的胸怀……
唯此，你才能在我的怀里，自由地遨游……

我可以这么安静地陪你，
我的身旁还有年迈的父母。
父母对我有着海一样的爱，
水一样透明，水一样柔情……
我和我的母亲，就像你和你的海洋，
我曾经是一条小鱼，
在母亲的深海里游弋，游弋……

游过来，游过来，

游过珊瑚、礁石和水母，
以及微小的海洋生物……
我就站在你身旁，小妹调好焦距，
把我们定格在一个框里，
从此，我的怀抱里有你，
你的视野里有我……

我的手掌贴紧海底隧道的玻璃，
缓缓移动，却探测不到你的水温，
更探测不到水的酸碱度。
请你告诉我，告诉我，
你是不是跟我一样，
有着移居的快乐，也有疼痛？

2019 年 12 月 5 日于巴塞罗那

偶感

什么时候遇见你
我没有太在意
有意或者无意
年头或者年尾
节日或者平时
只要偶尔能够想起
在某一个清晨或者黄昏
深秋或者寒冬

外面的烟花早已散尽
那时
我正在忙乱地收拾餐桌上的杯盘碗勺
新年的钟声已经响起
烟花爆竹不停地燃放
欢呼呐喊此起彼伏
一座城市，或者半个星球
顷刻之间开始沸腾……

我也想出去看看
天边的弦月是否像镰刀一样弯弯
夜空的星星是否像稻谷一样闪闪
可是还没等我出门
就安静下来了

不像中秋的月亮
可以在夜空中航行，航行……
可以让我久久仰望，仰望……

2020 年 1 月 1 日于巴塞罗那

问候

我醒来的时候
听见小鸟在歌唱
不在我的窗口
而是从远处传来
隐隐约约　如梦如幻
我想这应该不是一只圈养的小鸟
它来自遥远的地方
为城市送来清晨的问候

我们对来自自然的馈赠
总是习以为常　心安理得
而一旦受到伤害
便喋喋不休，埋怨，指责，叫嚣
甚至战争……
我们是不是可以反哺自然？
让日月星辰明亮
让山川河流洁净
让飞禽走兽安居
让鲜花盛开，让草木茂盛……

小鸟，小鸟，飞过来，飞过来
我站在窗口等你
衔来一个微笑
一束鲜花
一片红云……

2020 年 4 月 9 日于巴塞罗那

听雨

还记得吗？
我们离开的时候
街口还飘着浓郁的咖啡的香味
而后，又飘起了细细的雨丝
你记得也好，忘掉也罢
都不重要

巴塞罗那的雨
往往来得急去得快
而这次，绵绵不绝已数日
听说刚好遇上谷雨
这东方大地的节气
在西方的城市里，似乎并不存在
你留意也好，无意也罢
都不重要

我想把小小的窗口打扮成我的江南
除了精美的盆景
还种上小葱小菜

甚至一棵徒长的杂草
都要留住
留住
春雨飘过的时候就像我的江南
阳光普照的时候就像我的江南

2020 年 4 月 21 日于巴塞罗那　　　111

静待花开（组诗）

封锁

消息传来的时候
戴着皇冠的病毒已侵蚀大地
无色无味　无声无息
杀伤力却一再升级
慌乱　无助……
还有什么比突如其来的灾难更让人畏惧？
冷静　思考　行动
全力抵抗，万众驰援

那本是一个祥和的春节
却因此而全民封锁，全员参战
封一座城，两座城，乃至城镇和乡村……
预防和控制传染病
隔离，最原始，也最有效。

募捐

因为一场相约，一场荆楚之遇
美好的友谊至今在心里闪动
面对史无前例的煎熬

我能做些什么呢？

如果募捐也是一种爱
我愿意身体力行
与漂泊在外的亲友一起
做着力所能及的事情
微薄的捐助，积少成多，聚沙成塔
购买医疗物资，驰援中华大地
爱心本无价，献之有意义
——星星之火，可以燎原

日夜兼程

如果我不是看着你长大
你这一身打扮
我怎么也认不出来
坚毅的眼神
传递勇敢　信心　博爱
你住在防护服里
日夜兼程

而我

只能通过图片和文字信息
读懂一次战役

取暖

成功从来不是轻而易举
代价和牺牲
换来祖国大地逐渐安宁
而我旅居的国度
同样遭遇疫情的袭击

气体的膨胀可以使一个气球爆破
人类与自然，欲望与星球
又何尝不是呢？
空前的灾难，我们该如何面对？
怎样的距离才是安全距离？
我们又该以哪一种方式相互取暖？

掌声如雨

伸出你的双手
在阳台，在窗口
掌声响起来
让手心的热量相互传递
本是睦邻而居　却不曾相识
此时，可以相互遥望，相互问候

每晚八点的相约已持续了一个多月
今晚八点，同时下起一场大雨
掌声如斯　雨声如斯
请不要刻意分辨哪是雨声哪是掌声
我分明还听到雷鸣

四月雨就这样倾泻而来
我们来不及躲避
就站在窗口吧
窗前的蒲公英和其他绿植
一起站立

隔屏相望

已经很久没有走动了
我的亲人和朋友
集体歇业，居家抗疫
我们都在努力减少聚集
为了人类的共同战役

你都好吗？
我们在微信里知道彼此的信息
隔屏相望
简单的问候也好
畅所欲言也罢
或者，很久没有联系
情谊，都在这儿

静待花开

请不要那么急切地期待花开
这棵叫天竺葵的花卉
整整两年
滴水相伴，却未见花开

我甚至想，就当绿叶植物养着吧

哪知，疫情封锁时，一窗独秀来
朋友说危难之时方显英雄本色
是的，草木最是知恩图报物
滴水之恩，开花相报

2020 年 4 月于巴塞罗那

玫瑰的情意

本来，这是人间的四月天
是花香与书香的节日
——El día de Sant Jordi 圣乔治节
是鲜花与书籍的飞渡
借着一枝玫瑰的馨香和一根麦穗的锋芒
我们可以倾听中世纪的骑士的声音
可以聆听伊比利亚半岛的传奇
可以讲述加泰罗尼亚的守护神的故事

后来，莎士比亚与塞万提斯在此相遇
十七世纪初期，相隔几个国度的文明
在地中海之滨相遇
死亡只是肉体的终结
而作品的生命却一直延续
生生不息……

年年花开，浪漫一季
满街都是玫瑰的香味
满城都是书卷的气息
满心都是爱的情意

戴着皇冠的病毒侵蚀全球的时候
这个年年期待年年守望的节日

顺势推迟整整三个月
从阳春推到盛夏

尽管我们戴上口罩
而眼神依然深邃，坚毅，炯炯有神
尽管人间有疾苦
而爱与祝福不可辜负
永不过期

2020 年 7 月 23 日于巴塞罗那

修剪

几年前，朋友给我送了一株昙花
年年抽枝长叶，未见花开
窗台太小，只得修枝剪叶
像量体裁衣，让它在仅有的空间里生长
每剪去一次，都像是一场别离

临窗眺望
园林工人在街旁修剪花木
剪下的枝叶，被一车一车地运走
让街道宽敞洁净，车行无阻
如果这些花木长在深山野林
就无须承受缺胳膊断腿的疼痛
但要忍受寂寞
可能一生都不会遇见我，遇见你，遇见他

因为需要，有些修剪成为艺术
我们又何尝不是呢？
不断地修去棱角，剪去凤毛
最后像滩涂上的一枚卵石
海水漫过卵石的眼睛
我看看天空，看看海面
看看海天之间不断修剪的海平线

2021 年 11 月 10 日于巴塞罗那

约束

窗口这棵朱槿花，拥有很多名字
夏秋之际几度花开
红硕的花朵娇艳迷人，晨开晚谢
入冬以后还结出不少花蕾
然而它株型松散，枝条旁逸斜出
遮挡旁边的小花卉
每次拉下百叶窗
我都担心压断它的枝条

取一根细绳，只轻轻地一揽
枝条束拢，站立
像晚归的船舶
缆绳与港口深情地相吻
船舶得以休憩

大凡供观赏的花木都是这样
需要修剪与束缚
我们还称之为爱与呵护
谓之幸福
就像铁轨约束了列车的行程

同时成就了驰骋的速度
海洋约束了船舰的里程
同时成就了航行的梦想

2021 年 11 月 24 日于巴塞罗那

与深海鱼对视

扦插或者嫁接

一个偶然的机会
随手扦插的玉树枝条成活了
发芽长叶，临窗而立
甚至一片掉落的叶子
也能长成一株小小的苗儿
慢慢长大

此后，我常以扦插的方式来繁殖玉树
天竺葵、蟹甲兰、昙花以及一些多肉植物
都极易扦插成活
在我的窗口，沐浴阳光雨露

小时候，见父亲嫁接杨梅和水蜜桃
锯断野生植株，只留一个桩
并剖出一道裂痕
把良种枝条嫁接在树桩上
用笋衣裹好，扎紧……
待嫁接的枝条吐出嫩芽长出新叶
一两年后，可以尝到嫁接成功的良种果实
个儿更大，色泽更鲜，味道更美

物如是，人亦然
"故乡放不下肉身，他乡融不进灵魂"
仿佛是一代人或者几代人的通病
也许，我们只是像这些植物一样
过着扦插或者嫁接的生活

2022 年 2 月 11 日于巴塞罗那

蟹甲兰

很久以后
我才知道你的名字——蟹甲兰
绿色的枝叶像坚实的蟹甲
一身戎装，护卫暗香
弱小不是与生俱来
只是期待我们去发现温柔的力量

选择植物光合作用的最佳时间
几米阳光，几缕清风
带走蒲公英的种子
任意一点盆土，或者某个角落
皆可安家落户

你不像蒲公英
而是以扦插的方式繁殖
当你盛开，我想捧出来
是否可以抵挡虚假丑恶
在绿叶的怀里做着唯美的梦
没有疫情和战争，没有自然灾害……
让我们的每一次相遇
盛装或者素颜
都像过节

2022 年 3 月 10 日于巴塞罗那

风信子

我居然当水仙花养了两三个星期
那时还是一节短短的花茎
擎起满枝含苞的花蕾
叶子跟水仙花的叶子很像

盛开的时候，花团锦簇
花茎长了不少
我还没来得及给它换盆
只一夜工夫，枝叶徒长，花开无数
花枝无法站立　七歪八倒
我拿竹签支起花束
也擎起馨香

风信子，顾名思义
风中带来信息
享受花开带来的喜悦
也理解花谢的规律和坦然

2022 年 4 月 5 日于巴塞罗那

竹笋

妹妹给我送了一袋竹笋
不知道采自哪片深山野林
竹笋进城，我视之为罕物
小心翼翼地剥离笋衣
顺时针一片，逆时针一片
交替生长，有序上升
严严实实保护鲜嫩的竹笋

这种竹子不像故乡的毛竹
高大挺拔，中空外直
在巴塞罗那，我见过花瓶里的富贵竹
花园里的文竹，公园里细长的竹子……
这些都不是故乡的竹子的形象
那样壮阔，漫山遍野

一切含有乡音与乡情的元素
我都很珍视
未出远门时，向往远方
久居他乡日，故乡却成了远方

2022 年 5 月 30 日于巴塞罗那

第四辑

遇见

LA RAMBLA 大街

是谁，把星星挂上高高的天空？
是谁，把雪花挂上高高的天空？
是谁，把行道树打扮得晶莹透亮？
是谁，把街旁的高楼打扮得流光溢彩？
大街亮了
城市亮了
夜空亮了

一条大街
一条汇聚世界艺人的大街
一条充满艺术气息的大街
一条书写西方文明的大街
从地中海岸到加泰罗尼亚广场
——巴塞罗那的心脏

在拥挤的人群中行走
与各种肤色的游人擦肩而过
街旁站立的是披着礼服的新娘
是端坐的王子
是苍老的斗牛士
是穿越时空的机器人……
他们以肢体艺术
把乞讨演绎得如此体面而庄重

让远道而来的客人为之叹服
零碎的硬币　叮咚作响
那响声
书写艺术人生的点点滴滴
书写艺术生活的酸辛与坚韧

走过去，敲一敲那满身盔甲的装束
有一种脆响
那是中世纪骑士的声音
行侠仗义　叱咤风云
是西班牙的民族精神
以艺术的形式存活于现代世界

一个姿势
从早到晚
那不是乞讨
而是一尊雕塑
那僵直的双手生硬地触摸眼前的道具
就是触摸远古的风景
触摸历史的精髓

2010 年 1 月 13 日于巴塞罗那

水之舞

我们坐在高高的台阶上
背倚着加泰罗尼亚皇宫
眺望城市的灯火逐渐亮起来
眺望皇宫广场的水柱
在乐声中舞蹈

水的舞蹈
从城市的灯火中亮出来
水的歌唱
从城市的喧嚣中跳出来
动与静的糅合
视觉与听觉的共同享受
在夜幕降临的时候
成为焦点

走过的人群
逐渐登上台阶
眺望水从低处喷向高处
又从高处跳跃着下来
一曲终了　水声渐渐隐去

一曲又起　水柱在千万人的目光中
开始舞蹈
婀娜的体态　唯美的追求
散开来是博大的胸怀
聚拢来是民族的力量

2009 年 7 月 30 日于巴塞罗那

眺望大海

我们坐在沙堆上
眺望大海
地中海的浪涛有节奏地拍打着沙滩
拍打着孩子们光脚丫的脚板
小脚丫在沙地上书写着凌乱的文字
那是一种世界语言
是孩子们对大海的初恋

眺望大海
简简单单　却充满幻想
那种远观　那种大度
那种海纳百川的力量
看海风掀起岸边的绿色的枝叶
掀起姑娘的长发
掀起我云一样的思念水一样的牵挂
地球不大　期待却很长
远航的帆船
似停泊似航行似做着海一样深沉的梦

眺望大海
看贝类被海浪冲上沙滩又被带回大海
看海鸥飞过头顶又掠过海面
羽尖沾满咸涩而纯净的水滴

飞向蔚蓝的大海
飞向蔚蓝的天空
飞向蔚蓝的未来

眺望大海
眺望海天一色的辽阔
看银色的机群飞过
把云朵扯成一缕一缕
扯成一种心情
扯成一种思考的状态
扯成一个故事或者一个传说
看凯尔特人迁入伊比利亚半岛
看殖民者征服数十万平方英里的土地
看无敌舰队在海上腾起轩然大波
看哥伦布横渡大西洋发现美洲新大陆
成就海上霸业

眺望大海
眺望加泰罗尼亚民族的伤痛
那历经几个世纪的亡国之痛
眺望大海
眺望中世纪的骑士·
马蹄飞奔而来

扬起如烟的尘土
穿越时空
眺望大海
眺望世界杯的光环照亮这片土地
照亮土地上欢呼的人群

2010 年 10 月 13 日于巴塞罗那

哭泣的大街
——为巴塞罗那遭遇恐怖袭击而作

这本是一个宁静祥和的初秋的午后
加泰罗尼亚广场上空的鸽群
那么洁白　那么欢畅
那么自由地飞翔　飞翔……
这本是一条繁华的大街——La Rambla 大街
海风轻抚成荫的行道树
轻抚摩肩接踵的人群
轻抚各种肤色的游人的双眼
轻抚人们对这座城市的期待与赞赏
这是来自地中海的风
那么纯净　那么蔚蓝
那么自由地穿过城市的大街小巷

我的安静的午后
在满城警车救护车的呼啸声里被警醒
风声四起
那么嚣张那么疯狂地驱车冲撞人群
无辜的生命在美丽的大街受伤甚至止息

美丽的大街瞬间变色
血腥的大街
哭泣的大街
慌乱的人群那么惊惧　那么无助地呼救
呼救　在黄昏鸽里放歌：
"和平——和平——和平——"

2017 年 8 月 17 日于巴塞罗那

桃原花语

姑娘，请放慢你的脚步
轻些，再轻些
当你的长裙拂露而来
我还在枝头酣睡
姑娘，请放慢你的速度
慢些，再慢些
当你的嗓音跟旷野的风一起飞奔而来
我刚从晨光的梦呓里苏醒
姑娘，请摆好你的三脚架
把镜头对准我 对准我
当你的焦距与我的目光交了战火
我便成为你的框中剪影 旷世奇图

姑娘，我的枝丫是你五百里导航的地图
我的阡陌是你掌心的纹路
我的桃原不是你的江南
不是小桥流水的桃源
从东晋的田园流进大唐流进宋清
流进中华大地
流出万千人理想的图景
姑娘，挥一挥你的衣袖
瞬间成为蓝天上洁白的云朵
请站到小丘之上 放眼眺望

辽远的天际雪山之巅有我的红唇
有我的彩霞一样的红晕

当你的影子在夕阳的余晖里拉长
与山岗上的短尾松一起护卫我的暗香
你的裙裾下扬起的微尘如烟似雾
一日相伴　三生相许
请不要为三月雨的到来而惋惜
那是我铅华洗净　尘埃落定
来春　我依然等你

2018 年 3 月 22 日于巴塞罗那

聆听

有一些声音
听久了往往会成为一种习惯
甚至忽略了它的存在
就像久居山乡的人听惯了落花流水
久居街市的人听惯了车流人声
就像儿时的我
听惯了母亲的叮咛
听惯了灶台上嗤嗤的香味

钟声来自圣家族教堂——Sagrada Familia
来自安东尼·高迪设计的梦一样的建筑
我总是在季节的边缘行走
那个初秋的早晨被九点的钟声唤醒
此后我就在钟声的起止里作息
钟声响起的时候
就是一段时光在升腾
一段历经两个世纪的梦想
像云 像雾 像初升的朝阳
在城市的上空升腾
开一扇上帝之门
建一座由曲线组成的上帝之城
顶礼膜拜 不单单是因为信仰

当钟声成为一种习惯
需要用心才能聆听
就像深夜聆听苗儿抽芽的声音
晨起聆听花儿盛开的声音
就像聆听日出的声音月落的声音
一切天籁之音

2018 年 5 月 10 日于巴塞罗那

仰望

时常走过你身旁
走过你身旁，仰望
塔尖高耸入云，巍然耸立
蔚蓝的天空，洁白的云朵
从来就是你的背景
你有梦一样的名字——Sagrada Familia
有梦一样的身躯，梦一样的色彩……
安东尼·高迪，设计一个有梦的城市
给你，给我，给他，
像爱一样，热情而柔软
坚毅而奔放

多少人，多少人对着你仰望
眼神仿佛一道道剑光
想攫取什么，却什么也取不走
相机的焦距是最恰当的距离
把你定格在眼中，收纳在心里
我也像芸芸众生一样
只知道胡乱地仰望，仰望
我不知道，不知道爱的距离
梦的遥远
艺术的高度……

143

我曾经跟我的伙伴们一起
穿过你曲线的拱门
在你的殿堂里徜徉，仰望……
有愧于自己的浅陋和无知
看着唯美的曲线，唯美的色彩
听着唯美的声音
闻着唯美的气息
从四面八方聚拢，聚拢
又散开，散开……
我就像一个孩子
突然收到一件高档玩具
我不知道怎么玩

2020 年 3 月 19 日于巴塞罗那

静水

那么渴望相见，见了又相对无语
你让我说什么？
疫情让我们原地踏步
尽管近在咫尺，也不好频频相见

我静静地站在你身旁
看你眼中的风景
飞翔的鸥鸟，池边的水草
盛开的玫瑰，或者蔷薇
在你的眼波里舞蹈
晨风拨动你的心弦
阳光为你镀上迷人的色彩
蜻蜓，多么熟悉的生灵
侧身飞过，翼尖亲亲你的眼波
也轻触我的记忆
流动的空气里泛起涟漪
回溯的时光穿越到故乡的清晨
或者黄昏……

做一池静水，在喧闹的城市
与站立的高楼相对
与律动的流云相对
与繁华的街市相对

与忙碌的人群相对
同时对视的还有我的眼睛
闹中取静
因为你，池边的生灵有了福祉
有了相爱的痕迹

2020 年 9 月 5 日于巴塞罗那

点亮

到了这天
我又忘记了这个时刻
直到被人声鼎沸的欢呼声惊醒
星星已经点亮，弥撒和祝福仪式已经结束
高高的圣母塔
从此高擎城市夜空的明星
定格新的高度和威仪

安东尼·高迪，本身就是一颗星
点亮圣家堂，点亮巴塞罗那，点亮建筑史
曲线与弧度的糅合，成就童话之美
设计奇特，空间唯美
诞生，受难，荣耀……
每一个立面都诠释经典故事

而我，始终站在故事之外
远远地观看
也许，每个人心里都有一颗星
点亮一个人，一段情
一段历史

2021 年 12 月 8 日于巴塞罗那

眺望彼岸

我们来到台湾海峡边
站在高高的海门亭上
朝着宝岛的方向眺望
听海风讲述过去的故事
看海浪评说以往的岁月

诗人说这是一湾浅浅的海峡
而当我站在它的面前
所见之处分明是一片无垠的水域
极目眺望
目光不能企及彼岸

用我的双手触摸风腐雨蚀的墙垣
触摸久久凝望的雕像
一个姿势
保持千年万年
掬起一捧水入口
请不要想象它的味儿有千种万种
九九归一的纯粹
就像一杯白开水

波涛汹涌的海面
无法阻断深埋海底的根
紧紧相连
前世今生的故土

2018 年 7 月 18 日起草于福建泉州
2018 年 8 月 4 日修改于西班牙巴塞罗那

北京雨

淅淅沥沥北京雨
北京雨是一场及时雨
稀释盛夏的暑热
北京雨是一场喜庆的雨
迎来五洲四海的游子
北京雨是一场神秘的雨
雨中的期待与幻想
悄悄地　悄悄地酝酿……

雨中的长城是神奇的存在
你可以想象　可以呼叫
可以攀登　可以触摸
可以望尽千里万里风云路
可以穿越五千年时空隧道
可以聆听号角　观望烽火
啊　我还可以做什么
我可以拽紧被雨淋湿的手机
可以拉平被风掀起的雨衣
可以整一整帽檐
可以从人群中挤出来
又向人群中挤进去
一步一步簇拥着往上攀登
在八达岭的高处

环顾四周却只有茫茫云雾
登上民族的脊梁
感受沧桑　自豪与痛楚

淅淅沥沥北京雨
北京雨是一场告别的雨
我们从雨中走来
又在雨中离去
几日相伴　依依惜别
是归程　又是出发
是启程　又是归途
我的行程就像雨刷的节奏
像后视镜里飞速后退的风景

2018 年 7 月底起草于北京
2018 年 8 月 12 日修改于巴塞罗那

遇见

有些场景
就在岁月的河边停留
初春的时候
院子里一树一树的花开
晶莹雪白的梨花
粉里透红的桃花……

放眼远望
绿油油的田野青翠的山岗
金灿灿的油菜花　红艳艳的杜鹃花……
这些都是我儿时作文惯用的词句
可是我再也找不到更贴切的表达
一种飞鸟　我们亲切地称它为燕子
总是在我们的屋檐下筑巢
就这样一个转身
一个跟斗
一个与庄稼的飞吻
那是一生美好的遇见
遇见你，就是遇见一个春天
遇见季节的初始

多年来，我一直寻寻觅觅
寻寻觅觅
渴望遇见一个相似的春天

我们带着孩子倾巢而出
在周末，在阳光洒满地中海之滨的时候
我们穿过城市的人群与高楼
以八十公里以上的时速飞奔
飞到郊外
飞到有可能花开的地方寻找春天

153

我们见到的却是一树一树的枝干
一截一截的断壁残垣
一片一片的荒草……
我们感叹是不是来得太早
孩子说没有春天的灵魂
没有百花争艳就没有春天的灵魂
啊，孩子，请不要这么单一地定义春天
你看，墙脚的蓝色的野花
正散发着淡淡的清香
枝丫间正冒着细嫩的芽儿
草丛里有小草抽芽的声音……

遇见，遇见早春
不一定要繁花似锦
这样的相遇

恰似我们与母亲的相遇
那是我们作为胎儿在母亲的腹中
与母亲的相遇
是我们生命的初始状态与母亲的相遇
而今，我们遇见的恰恰是大地之母
亟待分娩

2019 年 3 月 8 日于巴塞罗那

行走

请握好你手中的方向盘
奔跑 奔跑……
跑出城市 跑过山川与河流
跑过一百三十公里
跑到 Tarragona Parque Samá

白云从头上飞过
偶然投影在湖心 盛开一朵白莲
树丛中，阳光缓缓落下
像一朵小花的盛开那样静美
没有惊醒熟睡的小鹿
请放低你的声音，轻些，再轻些
旁边还有看护的母鹿
那么慈爱的目光 那么温顺的守护

秋天，从一片玉米地里开始盛开
金色的收获就是金色的梦想
一排棕榈树在守护
枯挂的枝叶层层叠叠
裹挟着一株植物的体温
就像我故乡的田野里秋后的稻草垛
覆盖大地的温度
是谁把稻草垛高高举起？

举起我的童年，也举起我的梦想

请不要停下你的脚步
行走　行走……
走到 Tarragona Salou
一望无际的大海泛起波澜
午后的阳光在海面跳跃，跳跃
同时跳跃的还有海边的人群
我的左手牵着你的右手
我的右手拉着她的左手
我们是要围成一个圈吗？
"丢，丢，丢手绢，
轻轻地放在小朋友的后面
请你不要告诉她，不要告诉她……"

2019 年 10 月 4 日于巴塞罗那

巴黎圣母院之火

——2019 年 4 月 15 日巴黎圣母院突发大火

如果不是这场大火
也许我不会彻夜翻阅你的往事
我宁可相信你就活在书里
住在维克多·雨果构筑的世界里
关于年少时阅读的片段
在岁月的河流里
沉淀　沉淀
在这样一个黄昏，一个夜晚
在熊熊的火光里　滚滚的浓烟里
那些残章断句
一点儿一点儿地浮现

对我来说
你就是一个遥远的记号
如果我站在你的面前
只是一个匆匆的过客
我为自己的浅薄而惭愧
不理解你的高度你的威仪
不理解你的博大你的精深
我只是一个懵懂的看客
和众人一样赞叹你的巍峨
唏嘘你的色彩

燃烧　燃烧
一声声撕心裂肺的疼痛
人类艺术文明的劫难
不是圣经里歌唱的赞美诗
不是圣徒们闭目喃喃地祈祷
你是不是像凤凰涅槃
在烈火中获得永生

2019 年 4 月 16 日于巴塞罗那

吴岸的记忆

起初，我只是在溪边孤独地晨跑
从村尾跑到村头，越过石堤
登上石阶，爬上小山
在寺庙前环视青山、绿水、村庄……
与庙里的女施主闲聊

春天刚刚开始
水边的鱼鹰闪动翅膀
像离弦的箭一般飞过
丛林之中绿意盎然
鸟鸣声声……

为什么我把自己装扮成失落的模样？
该知道
那时我只是刚从师范学校毕业的姑娘
这种叫实习的工作
不管是城镇还是乡村

对我来说都是一种历练
何况，离吴岸不远的仁庄
有我要好的伙伴
常常在溪边等我
在井边洗衣
或者在炉边做饭

2020 年 8 月 12 日于巴塞罗那

子夜听海

晚饭后，朋友说去海边走走
沙滩上已空无一人
海堤上有一个人在打电话
说着我们听不懂的语言
不远处的街灯下
孤独的骑行者
也许是夜归　也许是锻炼
也许赴一场子夜之约

夜晚的海黑压压一片
零星的渔火孤寂地点缀在黑暗之中
也许是在探视深海的信息
海浪有节奏地拍击沙滩
带着腥味
那是来自地心的脉搏
海风轻抚脸颊
像新生的婴儿均匀地呼吸

儿子说很晚了，要回家了
海鸥睡了，城市睡了
只有海醒着

2022 年 5 月 7 日于巴塞罗那

唤醒河流

之一

Besós 是离我最近的河流
我常常跨河而过
却很少亲近河流
通往城外的高速凌驾于河流之上
人类这样高傲地驾驭河流
是唤醒？还是催眠？

我常常穿河而过
却无法亲近河流
地铁和火车的轨道从河底穿越
我听不到水流的声音
机械的震颤能唤醒一条河流？

溯河而上
河边长满芦苇、艾草和灰菜
蒲公英开出黄色的小花
或已结成雪白的绒球
跟晨练的人一起沿河奔跑
跟白鹭一起飞翔
唤醒一条沉睡的河流

顺流而下　波光潋滟
鱼类和贝类是否已经苏醒
开始问候人类和天空
在入海口
我小心翼翼地扶起一棵水草
就像多年前
扶着儿子蹒跚学步牙牙学语
我以一个母亲的姿态
唤醒一条生命的河流

　　　　　　　2022 年 6 月 2 日于巴塞罗那

之二

汨罗江离我很远
却常常从字里行间跳出
亲近我
诗人以羸弱的身躯唤醒一条河流
一代君王，一个国度……
从此，有一个节气叫端午
人们划着龙舟寻找诗人
把粽子投入江中

请鱼儿不要吞噬诗人的身躯

诗人以满腹经纶不朽诗篇
唤醒一条河流
端午的龙舟唤醒中华大地的河流
也唤醒游子心，唤醒中华文明的脉络
唤醒一片水域，一片人心

地中海上锣鼓喧天，龙舟竞渡

2022 年 6 月 3 日端午节于巴塞罗那

城居

后来还是选择了城市
尽管很多人都希望离开喧嚣与浮躁
而我却还在享用城市的资源
交通、信息、就学、就业……

无意中让我窥视了楼房的骨架
那时钢筋水泥还没有普及
铁条与竹条纵横交错
楼层之间裸露的砖块砌成拱形，拱拱相连
物理力学的实践从来没有断层
从祖先那里沿袭至今，乃至未来

环保与节能是城居之本
步行街的酒吧一家挨着一家
入夜仍能听见杯盘相触、人们交谈的声音
鸽子与海鸥是巴塞罗那最常见的飞鸟
他们围着高楼飞翔的姿态
就着绿化带栖息的神情
羽尖的震颤诠释城市的动态
喑哑的嘶鸣传递爱的声音
闹中取静，成就智慧

2022 年 7 月 9 日于巴塞罗那

第五辑

一个村庄，一生梦想

回乡路上

五月的江南梅雨纷纷
伞花一朵朵绽开
美丽如云
故乡的杨梅
挂满枝头
我一伸手
就触到一种沉甸甸的收获

为我欢呼
为我喝彩
又是谁为我心痛
读懂喜剧背后的凄凉与悲哀

故乡的云啊
为什么流泪
轻些　再轻些
别让雨声惊醒枝头的梦
纷纷梅雨淋湿嫣红的果实
风声就这样响过枝头

让我们一起珍重
一起踏上回乡路

我的归心啊
就这样赤诚地挂在枝头

乡村的早晨

乡村的早晨
是公鸡的啼鸣声叫醒的
此起彼伏的长鸣
穿透夜的沉寂
迎来第一缕曙光
夜
在一片蛙声之中沉沉入睡
又在公鸡的啼鸣声中醒来

乡村的早晨
是叽叽喳喳的鸟语声唤醒的
在枝头
在屋檐
在窗口
在鸟儿能够停歇的随意一个角落
它们用清亮的歌喉
唤醒乡村的梦

乡村的早晨
是乡亲们平淡的交流声催醒的
打开房门
没有拘泥的问候
没有客套的礼节

相互聊着
聊出美好的早晨
聊出美丽的家园

袅袅的炊烟升起来
汪汪的狗吠响起来
嘟嘟的车声响起来
乡村的早晨
开始忙碌了

一个村庄，一生梦想

直到黄昏
我才走尽这曲曲折折的小路
我不知道这山峰的高度
也不知道自己与多少树木擦肩而过
我只知道山峰的高处有我要去的村庄

走进小屋
泥土的芳香
刚从地里收来的萝卜的芳香
没等我来得及放下包袱
那芳香就浸湿了我的衣袖

刚从院里收进来的棉被
有着阳光的芳香
有着冰雪的气息
我目睹屋檐上还铺着积雪
阳光已照射着这个村庄
檐口滴着融下来的雪水
被子就晒在雪水滴落的不远处

村庄的夜在烛光里诞生
冰雪灾害
电流在通往村庄的高压线上截断

村庄里的人
在烛光里数着年前的哪一天哪个孩子回家过年
在烛光里吃着年夜饭
在烛光里数着年初的哪一天哪个孩子回家拜年
在烛光里翻阅厚厚的书籍
唱响动人的歌谣

孩子们长大了
走得很远
而父母却依然守护着这个村庄
守护着这座矮房
守护着周围的一草一木
守护着厚厚的土地……
守护土地
就是守护一种信仰

大树老了
小树苗长成了大树
树的一生在冰雪摧残之下走尽
倒在矮房的一侧
是谁
见证了树的诞生——亲手栽种的树
见证了树的成长

见证了树的伤亡
五十多圈年轮的老树
在除夕来临之际轰然倒地
呵　那连根拔起的痛
那枝折干断的痛啊
村庄里的人
不肯走出这个村庄
几十年劳碌的生活
淡泊如水
莫非正如一棵大树
已适应这里的土壤与气候
不愿移植他处
把一生的梦想交给一个村庄

小草对树的自白

以伞的形象
覆荫我的视野
你摇一摇枝叶
足以震撼我的灵魂

少去花的娇媚藤的缠绵
我把根深埋在土里
与你相拥
吮吸同一种体液
像一代代中国子民
饮食黄河长江水
我们用中国诗歌的语言
刻画大地的容颜

闭上眼
我以一百种形象把你幻想
伤心是一种美丽的痛
当生命的底色褪尽
泪水洒完
我以树的姿态
站成顶天立地的树林

大钟

靠着大槐树
倚着墙角
走进已不属于自己的校园
随意一站
就把深夜苦读的形象伸延

铛　铛　铛
高悬于枝丫间的大钟
敲破考前的平静
自学苦旅的驿站
人山人海
各就各位
从此，失败的酸楚
成功的欣喜
填满纸的空白

自从踏上这坎坷路
便不再回头
一读再读
直到钟声响起
从不曾孤独

四月的蛙歌飞过窗前
十月的菊香飘过窗前
铜铸的大钟旅履行使命
让自考驿站
一次次沸腾

爱情的遗传和变异

从哪一个花圃
一路颠簸着走进城市
走进形形色色的花行
精疲力竭横七竖八地乱躺着
是谁为我修枝剪叶为我包装
为我冠上美名：玫瑰
——爱的象征
从此
红玫瑰白玫瑰黄玫瑰蓝玫瑰
九百九十九朵玫瑰
我的歌便从未断过

而我的光泽却一点点消失
我的花瓣一片片飞落
爱的人们，你可知道盈盈的红
记载我全部历史
苦难或者幸福

伸出你的双手
捧起我的歌吧
像捧起恋人泪流满面的容颜
我是干枯的枝叶易碎的花瓶
那琐碎的瓷片或者玻璃或者别的什么
磕磕碰碰　碰碰磕磕
撞出一曲爱的余音

爱有一千种

有一个地方叫汶川
有一个日子是 5 月 12 日
有一种灾难叫地震
顷刻间
大江南北　国门内外
都听到废墟里的挣扎
瓦砾堆下的呼救

有一种热情叫忘我
有一种奉献叫无私
有一种精神叫坚韧
滴答　滴答　滴答
垂危的生命与死神抗拒
迅速的行动与时间赛跑

党和国家领导人进川
解放军武警官兵消防战士进川
医疗救护队新闻工作者进川
公路电力通信抢修队进川
救灾物资医疗药品进川……
一场轰轰烈烈的抗震救灾行动
在十万平方公里的土地上
铺天盖地地展开

废墟里有紧握铅笔的小手
被定格的姿势
是年幼的生命对知识一生的追求
废墟里有年轻的母亲
留给幼小的孩子最后一条短信
"孩子……妈妈爱你！"
废墟里有年轻的员工
到生命的最后关头在手臂上写着
"我欠王老板 3000 块钱"……

废墟里有平心静气等待死亡
却奇迹般地被救活的八旬老人
废墟里有靠喝尿液吃纸团顽强存活的中年汉子
废墟里有等待分娩的孕妇
两条生命获得新生
废墟里有动听的歌声
"摘下我的翅膀，送给你飞翔！"
神圣的双臂捍卫了两个学生的生命……

有一个时刻是 14 时 28 分
有一段时间是三分钟
有一种声音是哀鸣
有一种色彩是黑与白的谐调

五星红旗为罹难的数万同胞而降
共和国的旗帜下万民同哀
一种祈祷　十分祝福
千行热泪　万声呼唤
捧出一颗心来
把我的爱给你！
凝聚民族的力量
让太阳升起来灯光亮起来歌声响起来
让笑容在宽广的土地上绽放

一方热土

走过来　是三步
走过去　也是三步
我　用我的脚步
精心丈量这一方热土

一方热土
两个孩子并肩站着
是它的宽度
两个孩子手拉手平举着
是它的长度
那一沓沓厚厚的作业本
是它的高度
我　在这三尺讲台上
来回奔跑
日复一日　年复一年
我走过的路线
就像我掌心的纹路
像祖国版图上纵横交错的河流

走过春天繁花似锦的早晨
满坡的映山红绽放灿烂的笑容
走过夏季烈日炎炎的午后
满塘的荷风吹拂一堤翠柳
走过秋日硕果累累的黄昏
南归的候鸟抒写壮丽的诗行
走过寒冬凉意袭人的夜晚
蜡梅的清香汇报来春的消息

一方热土
播种水稻　小麦和大豆
一方热土
栽种蔬菜　瓜果和树木
孩子，让我握着你柔嫩的小手
在均衡的四线格上
描绘汉语拼音
在平整的田字格上
书写方块汉字

一方热土
是一望无际的田畴
孩子，让我们一起播种
播种鲜艳的色彩　跳跃的音符
飞奔的速度

蔚蓝的天空　飘过洁白的云朵
明净的窗口　飞过成群的鸽子
校园的上空　升起鲜艳的五星红旗
孩子们跃动的身影
编织美丽的梦
这梦
在校园里放飞
琅琅的书声萦绕在校园
书声里有父母的嘱托
有师长的厚望
有孩子们远大的理想

185

走过来　是三步
走过去　　也是三步
我　用我的双手
精心耕耘这一方热土

对着一双双渴求知识的眼睛
黑板是我的依靠
背着孩子们端坐的身影
黑板是站起来的沃土
我的指尖在这片土地上行走
我的手掌在这片土地上遨游
画一个圆——
那是枝头成熟的苹果
是高挂夜空的圆月
是我们赖以生存的地球……

走过去
放慢脚步
轻些　再轻些
不要惊醒孩子们甜美的梦

在梦里　他们也许
正在吮吸初春的阳光
正在放飞五彩的风筝
正在追逐飞舞的蝴蝶……

在盛夏
在纯净的天空蔚蓝的期盼里
在理想与憧憬浸润的激情里
我们走过永不复现的青春岁月

我把歌声交给绿叶
交给小草
交给广袤的土地
经历风雨
经历坎坷
经历成功的喜悦与欢欣
一根根消逝的粉笔
站成顶天立地的树林

滩坑移民之歌

滚滚车轮扬起如烟的尘土
我不是过客　我是归人

江水滔滔　柳堤长长
长堤上五步一亭十步一阁
亭柱上镌刻着海外游子对故乡的思念
阁匾上撰写着父老乡亲对家园的热恋
小船儿悠悠飘荡在水面
柳条儿轻轻拂拭脸颊
掬一把水入口　亲一亲故乡的河流

柳堤长长　乡音袅袅
乡亲们收割好小麦
又忙着播种大豆
收拾好麦秆
又忙着将手中的秧苗
一棵一棵插到田里
抒写人类关于粮食的歌谣

乡音袅袅　乡情悠悠
故乡有灶台上焐热的风俗
故乡有祖辈一百年不曾开启的梦想
故乡有老者独处的落寞和凄凉

故乡有蟋蟀的低吟
故乡有鸟儿的清唱
唱一曲高山流水
唱一首高峡平湖
唱出几代人的夙愿

乡情悠悠　离情依依
故土！故土！我心爱的故土！
在故乡的土地上
大坝高高擎起广袤的天湖
远山如黛　近水如蓝
长虹卧波　群鱼戏水
说不尽湖光山色的万种风情
道不完脱胎换骨的一次裂变

离情依依　波光粼粼
惺忪的双眼在晨曦里泛着金光
我的酣梦开始苏醒
醒在太阳醒来之前
醒在乡亲们下地劳动之前
醒在学生们举行升旗仪式之前
庄严　肃穆　高度自觉的群像
在共和国旗帜下敬礼

波光粼粼　霓虹闪闪
走出去　是一个小家
融进来　是一个大家
夜幕降临　灯火璀璨
与繁星争辉
那是父老乡亲闪烁的眼睛
更是故乡巨变的辉煌

仙都雨

仙都雨是黄帝炼丹归去时洒下的清泪
是炼丹炉里永不枯竭的圣水
从高高的鼎湖峰上飘洒着下来
从崔嵬的步虚山上飞奔着下来
落在九曲练溪　十里画廊
落在游人的脸上　身上　头发梢上
开出五颜六色的伞花

孤石成峰　峰顶有湖
数峰相连　峰峰叠翠
风来雨来　云来雾来
心来气来　神来韵来
看得见的是若隐若现的山峰
看不见的是神奇的传说
不能登上鼎湖峰
不能亲见神秘的炼丹炉
那传说便更加迷离

走过长长的石板桥
跨过微波粼粼的水面
雨丝飘过你的脸颊
从此　你便走进仙都
仙都也走进你

何谓"仙都"
天子御赐"此山乃仙人荟萃之都也"
走进去是一种感觉　一种领悟
你听　雨声为证
你看　雾影为证
五千年沉默的巨石
是永远的证人

仙都雨从历史的源头下来
承载厚重的文明
泱泱中华大地
我们的祖先啊
五千年呵护他的子民
五千年风调雨顺
五千年炎黄子孙的顶礼膜拜
五千年文明历史
北陵南祠　遥相呼应
新一代建筑群——黄帝祠宇
是仙都人虔诚的献礼

春雨落在松古平原上

一堵老墙
一堵堵风腐雨蚀数百年的老墙
鹅卵石　碎泥　面粉　鸡蛋清
铁锹　铁锤　榔头
以及父老乡亲的智慧与双手
在春雨洒落的刹那
翻开松古平原一千年

翻开松古平原一千年
翻开处州大地的粮仓
稻谷　小麦　大豆　高粱
以及番薯　土豆和山药
世世代代躬耕的父老乡亲
白天在田间劳作
晚上挑灯夜读
从稻秧的株距间走出一个个书生
从麦苗与麦苗的间隙走出一个个学者

一座古民居
一座座历尽沧桑的古民居
白粉墙　石柱　木壁　泥瓦
斧头　锯子　折尺
以及能工巧匠的智慧与双手

在春雨洒落的刹那
翻开松古平原一千年
翻开处州大地建筑史上的奇观

天圆地方　笔墨纸砚
在一个村庄的蓝图上展现
一弯清清的塘水里映射的是人们对天的敬畏
一口清冽的深井叫天眼　时刻窥视人间
一块方整的土地是大地
华夏子民　在土地上繁衍生息

一千年日出日落　月圆月缺
一千年渴望一千年梦想
我们的祖先把梦想筑在墙上
写在地板门槛上
刻在雕廊画柱上
画在匾额彩绘上
铺在飞檐翘角上

走进去　一千年
走出来　一千年
沉睡的松古平原开始崛起
有了祖先渴望的电灯

有了先进的通信技术
有了网络
有了与世界亲密接触的窗口
有了与世界速度同步的高速公路

雨丝落在松古平原的土地上
把一座座村庄连成仙境
把一片片田畴染成油画
把金灿灿的油菜花调成梦一样的色彩

相约古越

勾践堪做人质
三年吴水
洗不去越之血，抹不掉王之志
面吴而立
落魄英雄在箭楼崛起
卧薪尝胆明耻教战
十年生聚，十年教训
越师浩浩荡荡
从此　雄踞江淮　钱塘

兰渚山下
越王勾践种上兰花
那清香便从未断过
微笑的水面漂过大白鹅
拨动春的柔情
曲水流觞
在一代书圣之躯缓缓流淌

从东晋的兰亭
流过大唐流进昭陵
流出一曲兰亭余音
千古绕梁

"错错错"的惊叹号
擎起宋时满城春色
沈园的诗人
泣饮落花
饮不尽恋人的相思泪

都市中心的百草园
被视为圣土
紫红的桑葚高大的皂荚树
鸣蝉一曲长吟
深入人心
三味书屋的寿老先生
一声令下："读书！"
便有"仁乎远哉"的书声
一个小小的"早"字
镌刻着一段苦难的童年
在烈火中冶炼
横眉冷对千夫指
俯首甘为孺子牛

姑娘海量
眉梢拱如月
杯里的"女儿红"圆如月

微启红唇　一饮而尽
绍兴姑娘跟老酒有关
在双唇与酒杯相吻的刹那
仿佛成了客人的老乡

后记

◎叶建芬

一次跟朋友聊天的时候，我说想再出一本诗集。朋友一口赞成，说很好啊，完全可以。一句鼓励与支持的话，让我心生动力。说起来是一句话，做起来可没有那么简单。况且我们在欧洲生活，每天几乎都是满负荷工作，哪来的时间整理一本书呢？我开始整理诗作是 2020 年的下半年，无数次筛选刷新，已经整整花了两年时间，还在继续。我常常说，我写诗作文就像十月怀胎，然后才能诞生。出书更甚，平时零散的写作时间不算，从整理书稿到印刷成册，也得怀胎数年才能诞生。

我在一个学生的作文里得到启示。她说忙碌的人，读书就是休息；没事儿的人，读书就是学习。对我来说，阅读与写作就是生活中的一个存在，是我繁忙之余栖息的地方，闲暇之时学习的场所。我的写作好像没有什么追求，纯粹是因为爱着而写着，有感而发，顺其自然，像群山之中的一条小溪，不急不缓地奔流。小小的溪流之所以不会干涸，是因为它在群山的怀里。诗也一样，要融在生活的怀里，相互成就，彼此相依。

感谢李郁葱老师为诗集精心作序，感谢南方出版社的出版，以及四川悟阅文化传播有限公司的精心设计。谨以此书，献给关心我支持我的亲人、师长和朋友，献给相识或者不相识的读者。金无足赤，书中难免有不足和失误，欢迎批评指正。诗意地存在，生活像玫瑰花一样开放。

2022 年 7 月 30 日于巴塞罗那